Daniel O. Malarcsek

# *Die Flucht aus Dracula`s Inferno*

*Biografisches Roman*

Herstellung und Verlag:
BoD – Books on Demand, Norderstedt
ISBN: 978-3-7481-0273-1

## *Vorwort*

Der Kommunismus in Osteuropa wird als Geschichte bezeichnet und zugegeben, so ist es. Glücklich können sich diejenigen schätzen, die nach der Wende 1989, in den ehemaligen Ostblock Länder oder im Westen geboren wurden. Für die anderen jedoch, die ihr Leben davor in kommunistischen Staaten lebten, hinterlassen die schmerzhaften Erinnerungen an diese Zeit, immer noch Narben zurück. Wie heißt es so schön: die Zeit heilt alle Wunden.

Könnte man meinen oder nicht? Leider ist es nicht einfach solche Erlebnisse aus dem Gedächtnis zu radieren wie Bleistiftkohle auf Papier. Es ist keine körperliche Wunde, die kann schnell heilen, sondern eine seelische.

Kommunismus in Europa ist ein Überbleibsel aus einer vergangenen Zeit. Unsere Vorstellungen über die Hölle können sich mit dieser modernen Art der Sklaverei sehr gut beschreiben: Unterdrückung, permanente Überwachung, Verletzung der Menschenrechte. Einfach gesagt, totale Kontrolle über jedes einzelne Menschenleben.

Die Medien beschäftigen sich wenig mit diesem Thema. Es ist eine offene Kritik an großen Staatsmächten, die schnell im Keim erstickt wird, sobald man versucht deren Vorstellungen über Politik und Macht ins Wanken zu bringen. Den Betroffenen bleibt jedoch eins, dass kein machtgierigster Diktator der Welt auslöschen oder kontrollieren kann: ihre Träume von Freiheit und Unabhängigkeit. Deswegen möchte ich an dieser Stelle an diejenigen erinnern, die für diese Träume gestorben sind, oder gelitten haben, weil sie frei leben wollten. Das betrifft mich als Autor selber. Ich bin noch nicht gestorben, aber gelitten habe ich mehr als genug.

Geschichte kann nicht geändert oder vergessen werden. Sie bleibt Teil unserer Welt, prägt Generationen und gibt diesen einen Anhaltspunkt, wie sie die Welt zu einem besseren Ort machen können.

Der berühmte Kämpfer gegen Rassismus in Afrika, Nelson Mandela, sagte einmal:

***„Der größte Ruhm im Leben liegt nicht darin, nie zu fallen, sondern jedes Mal wieder aufzustehen."***

Dieses Buch ist eine Hommage für alle Menschen, die sich für die Freiheit geopfert haben und für diejenigen, die jedes Mal aufgestanden sind, nachdem sie gefallen sind.

**Die Vergangenheit begegnet uns jeden Tag, weil sie nie vergangen ist.**

**P.S.**

Mein Buch ist in eigene Regie erschienen und von keine Lektoren oder andere „Spezialisten" korrigiert. Für den Still und die Schreibfehler übernehme ich die volle Verantwortung. Bevor Kritik geübt wird, sollte man es selber besser machen.

Danke

## Kap. 1

### *„Wer keinen Mut zum träumen hat, der hat auch keine Kraft zum Kämpfen" (Afrikanische Weisheit)*

Ein Schrei und viel Krach rissen mich aus dem Tiefschlaf. Es war 5:30 Uhr morgens. Eine der Wachen brüllte:
„Aufstehen ihr faulen Säcke! Zeit zum Waschen und dann ab in den Hof mit euch!"
Nein, nicht schon wieder!
Es war Ende September. Ein schöner Tag kündigte sich an, aber nicht für mich. Wir waren 30 Gefangene in einem 40m² Raum, mit einer Toilette, die wie die Pest stank. Die übereinander in zwei Reihen aufgestellten Betten, fingen an zu quietschen. Ins Zimmer kam Bewegung. Mit Mühe stieg ich aus dem Bett und musste warten.
Mein Nachbar der unter mir schlief, war einer von den „Alten". Vor diesen musste man Respekt haben. Also wartete ich, bis Toni fertig war. Die Prozedur mit Anziehen und Waschen, durfte für alle Gefangenen nicht länger als 15 Minuten dauern.
Im Osten ging die Sonne auf. Es war viertel vor sechs und alle waren bereit, durch die massive Metalltür, der Reihe nach in den Innenhof zu treten. Nachdem alle Inhaftierten im Gefängnishof versammelt waren, begann das morgendliche Programm:
Laufen, Hampelmänner, Liegestütze, ungefähr 10 Minuten. Am Ende des Trainings wurde nachgezählt und es ging aufs Zimmer, um „Frühstück" zu essen.
Vor ein paar Wochen noch, konnte ich mir daheim den Bauch voll schlagen. Hier gab es früh und Abend nur Turtoi.

Zu Mittag ein Stückchen Schwarzbrot und dazu eine dünne Kartoffelsuppe. Turtoi war eine Mixtur aus Maismehl und Wasser, zu einer Art Paste zusammen gemischt und im Ofen ausgebacken. Davon bekam jeder ein Stück, besser gesagt ein Stückchen. Ich hatte nach dem Training Hunger. Also nahm ich meine Ration mit, ging in Richtung Bett, setzte mich darauf und fing zu kauen an. Gleichzeitig dachte ich an diese drei Wochen zurück, die mein ganzes Leben auf den Kopf gestellt hatten.

Mit meinen 23 Jahren hatte ich schon einiges durchgemacht, aber vergleichen mit der jetzigen Situation, konnte man dies keineswegs.
Warum war ich so blöd gewesen und habe mir das Ganze nicht besser überlegt? Mein Vater hatte mich gewarnt:
„Was willst du machen? Hast du dir das gut überlegt? Ihr habt euch nicht richtig vorbereitet! Die werden euch erwischen!"
„Ach, lass mich in Ruhe. Ich weiß schon was ich mache. Misch dich nicht ein. Ich bin erwachsen", und weg war ich.

Abrupt wurde ich aus meinen Gedanken gerissen. Es ging los. Nach dem „schmackhaften Frühstück", mussten wieder alle in den Hof zum arbeiten. Wieder einmal hieß es: Kartoffeln sortieren. Die schlechten waren für den baldigen Verbrauch gedacht, die anderen für das nächste Jahr. Die Beschäftigung bereitete mir gewissermaßen Freude, denn draußen konnte ich mich mindestens bewegen und frische Luft schnappen. Dort traf ich jeden Tag auf meinen ebenfalls inhaftierten Freund, Doru. Da wir von Anfang an in getrennten Zellen untergebracht waren, nutzten wir im Hof die Gelegenheit miteinander zu reden.

„Na, gut geschlafen?", fragte Doru.

„Ja, genau wie zu Hause", antwortete ich ironisch.

„Was ist los mit dir Dani? Hast du schlechte Laune?"

„Nein mein lieber! Ich freue mich wahnsinnig auf die nächsten neun Monate, die wir hier in diesem verdammten Loch verbringen müssen!"

Wegen illegalen Fluchtversuchs aus dem Lande, waren wir zu 10 Monaten Gefängnis verurteilt worden.

Ich komme aus einer Familie die mit dem Kommunismus nicht befreundet war. Keiner in meiner Familie war Partei Mitglied. Meine Mutter erzählte mir, was die Bestien mit meinem Großvater gemacht hatten. 1913, kurz vor Ausbruch des ersten Weltkriegs, ging er nach Amerika, um Geld zu verdienen. Damals gab es in Rumänien keine Arbeit. Wenn es welche gab, dann war sie schlecht bezahlt. Ihm blieb nichts anders übrig, als auf ein Schiff zu steigen, um in Amerika sein Glück zu versuchen.

Nach drei schweren Jahren im Ausland, kam der damals 20-jährige zurück nach Rumänien und musste sofort 1916, für zwei Jahre in den Krieg ziehen. Nach dem Krieg, kaufte er sich Land und begann Landwirtschaft zu betreiben. Alles war in Ordnung, bis nach dem Zweiten Weltkrieg die Kommunisten an die Macht kamen. Diejenigen, die Land und Vieh hatten, wurden enteignet und nach dem russischen Beispiel wurde alles in Kooperativen gesammelt. Mein Opa war der letzte im Dorf, der sein Eigentum abgegeben hat. Als er sich weigerte, wurde er eines Morgens auf die Wache der Polizei gerufen. Am Abend kam er total am Ende nach Hause. Sein Gesicht und der Körper waren mit Blutergüssen übersät, die von den Schlägen der Gendarmen stammten. Letztendlich beugte er sich widerwillig der Gewalt und gab seine Besitztümer her.

Ein bitterer Geschmack, der sich in meinem Mund bildete, riss mich erneut aus meinen Abschweifungen in die Vergangenheit. Es war das Maismehl, das ich zum Frühstück gegessen hatte. Außerdem befehligten uns erneut die Wachen, die ständig in unserer Nähe umherschwirrten:
„Schneller, ihr nichtsnutzigen Verbrecher! Ihr sollt nicht miteinander reden.   Beeilt euch, bevor es anfangt zu regnen!"
„Welcher Regen? Es scheint doch die Sonne, oder ist der blind? Und das soll bis nächstes Jahr im Juli so weitergehen? Ach du Schande! Das hast du nun davon du Dummkopf!", dachte ich.
Aber weinerlich zu werden nutzte mir jetzt auch nichts mehr. Für jeden Fehler im Leben musste man bezahlen. Selbst meine Kindheit war kein Zuckerschlecken gewesen. Die Ortschaft in der ich geboren wurde, eine Arbeiterstadt, war bekannt für Metallverarbeitung. Die Fabrik bestand seit über 150 Jahren und viele Generationen hatten sich hier bereits schon aufgeopfert.
Es gab keine andere Möglichkeit Geld zu verdienen. Die Fabrik war der einzige Arbeitgeber. Die Armut, so wie die ständige Unterdrückung durch den Geheimdienst, die Sekuritate, haben bei meiner Familie tiefe Spuren hinterlassen. Schon als Kind war für mich klar, dass ich dieses Land verlassen werde.

Just habe ich erstmal Zeit im Gefängnis darüber nachzudenken, wie sich Freiheit anfühlen könnte und Pläne zu schmieden.
Ich muß zugeben:
ich war kein besonders gläubiger Mensch, obwohl ich katholisch bin. Die Kirche war den Kommunisten ein Dorn im Auge und die Menschen wurden in der Ausübung ihres Glaubens unterdrückt. Die Schule hetzte gegen die Kirche um zu vermeiden, dass die Leute sich versammeln können. Jetzt aber betete ich jeden Abend zu Gott.

Plötzlich gab der Aufpasser das Signal mit der Arbeit aufzuhören, da es Mittag war. Nach 5 Stunden endlich Mittagspause! Mein Magen knurrte. Der Gedanke an das bevorstehende „köstliche" Mittagessen verdarb mir für einen kurzen Augenblick den Appetit. Entweder gab es eine ungesalzene Kartoffelsuppe mit undefinierbaren umher schwimmenden schwarzen Pflanzen oder gekochten Weizen. Die Beilage war ein Stück Schwarzbrot, das man in der Gefängnissprache „Schwalbenschwanz" nennte. Es war wirklich nicht größer als einen Schwalbenschwanz!
Die Nahrungsmittel wurden so einkalkuliert, dass der Insasse nicht an Gewicht zunimmt, aber auch nicht zu schwach für die Arbeit wird.
Der Hunger kannte keine Gnade. Ich aß alles auf. Bis 18 Uhr abends war kein Essen mehr in Sicht. Das Sortieren der Kartoffeln ging ohne Pausen weiter. Endlich näherte sich der erlösende Abend mit der Langersehnten Bettruhe. Wieder kamen die Wärter zum Nachzählen. Danach Abendmahl, Waschen und ins Bett! Ich war total fertig. Endlich, das Signal zur Nachtruhe. Das Hauptlicht wurde

ausgemacht und nur zwei Lampen blieben an. Das war die Sicherungsbeleuchtung. Jeden Abend musste ein Gefangener Nachtwache halten. Am nächsten Tag, war ich zum ersten Mal an der Reihe und die Verantwortung für die Ereignisse im Zimmer erdrückte mich jetzt schon. Vor kurzem hatte es einen Zwischenfall gegeben:
Ein Gefangener hat sich die Pulsadern aufgeschnitten und die Nachtwache fand ihn in einer Blutlache. Der Junge konnte eine Rasierklinge reinschmuggeln in der Hoffnung freizukommen, wenn er sich etwas antut. Das einzige was ihm das einbrachte, war Schmerz.

Am nächsten Tag Abend:
Es war so weit! Ein kalter Schauer lief mir über den Rücken. Hoffentlich passiert heute Nacht nichts, solange ich Wache halten muss. Punkt 22 Uhr ging das Licht aus. Ich begann, zwischen den Betten zu patrouillieren. Hie und da, gab es Streit zwischen Gefangenen und es hätte leicht passieren können, dass nachts einer Rache an seinem Feind ausübt. Deswegen gab es uns als Wächter, um gleich Alarm auslösen zu können. Ich war ziemlich erschöpft nach der Arbeit, aber an Einschlafen durfte ich nicht mal denken. Wenn ich beim schlafen erwischt worden wäre, hätte ich bis zu sieben Tage Arrest in der Isolierzelle bekommen. Was das bedeutet hätte? Einmal am Tag Essen, völlige Dunkelheit und keine Möglichkeit sich aufgrund der Größe schlafen zu legen. Die Zelle maß nur 1,50 Quadratmeter, inklusiv eine türkische Toilette.
Ich dachte nur: nicht einschlafen! Mein Spaziergang ging weiter zwischen den Betten umher. Alle Zimmerkollegen schliefen ein. Unterschiedlichste Schnarchtöne durch-

fluteten den Schlafraum, gefolgt von leisem Gemurmel und Selbstgesprächen. Manche erzählten im Schlaf ganze Romane in einer eigenen Sprache, die keiner verstand. Plötzlich fing jemand an zu husten. Der Anfall schien nicht mehr zu enden. Eine zierliche Gestalt, von ca. 1,60 m, erhob sich aus dem Bett und schwankte Richtung Bad. Ein paar Männer waren von dem Hustenanfall aufgeweckt worden und fingen an zu schimpfen:

„Du Depp! Warum rauchst du so einen Dreck? Bald wirst du ins Gras beißen, wenn du nicht aufhörst!"

Das Männlein, ein starker Raucher, hatte gegen seine Bewährungsstrafe verstoßen und bekam nur alle drei Monate Zigaretten von zu Hause. Da sie ihm nicht reichten, sammelte er die Zigarettenstummel im Hof auf, nahm den Tabak heraus und wickelte die Tabakreste in Zeitungspapier. Damit drehte er sich einen bombenstarken Glimmstängel. Somit enthielt diese Kippe die Giftstoffe mehrerer Zigarettenstummel und die Druckerschwärze der Zeitung. Also, war es nicht verwunderlich, dass er wie ein Esel hustete. Nach einer Weile im Bad hatte er sich beruhigt und trottete zu seinem Bett zurück. Zum Glück war er lebend auf seine Matzrate gekrochen und mein erhöhter Puls konnte sich Ruhe gönnen. Ich setzte mich auf eine Bank. Meine Beine schmerzten.

Die Gedanken kamen wieder:

„Wenn ich aus dieser Hölle rauskomme, werde ich abhauen. Ich darf nicht aufgeben. Muss an mich glauben. Bitte Gott hilf mir das alles zu überstehen!"

Vor drei Wochen haben wir den Schritt Richtung serbischer Grenze gewagt. Seit dem Kindergarten waren Doru, ein talentierter Fußballer und ich, Freunde. Im Ort kursierte das Gerücht, dass Bekannte illegal geflüchtet sind. Deren Verwandte hatten Nachricht aus Deutschland erhalten, dass sie es geschaffen haben. Diese Mitteilung wurmte mich und ließ mir keine Ruhe. Meine Generation war satt von Armut und eingeschränkter Freiheit. Viele träumten insgeheim davon, das Land zu verlassen. Es war nicht geplant, dass ich mit Doru fliehen sollte, sondern mit meinem Nachbarn Johann. Dessen Bruder Toni konnte vor vier Jahren über die Grenze, nach Jugoslawien und später nach Deutschland flüchten. Er war schon zu Besuch in Rumänien und kam mit einem tollen VW-Käfer. In meinen Augen war das ein Traumauto. In Wirklichkeit ein Schrotthaufen. Aber egal. Toni ging in einen speziellen Shop für Ausländer, um Zigaretten der Marke Marlboro, und Bier zu kaufen. Dort konnte man nur mit DM oder Dollar bezahlen. Alles, wovon wir, die Einheimischen in Rumänien, nur träumen konnten. Ein Onkel von mir, war Mitte der 70iger nach Deutschland ausgewandert. Er kam nach 2 Jahren mit einem dicken Mercedes und vielen Geschenken zu Besuch. Wie viel Glauben sollte ich der kommunistischen Propaganda noch schenken? Ist es im Westen wirklich so schlecht? Der Zorn auf die Kommunisten bestärkte mich in meiner Entscheidung, abzuhauen.

Wir diskutierten alle drei einen Fluchtplan. Toni kaufte, für seinen Bruder Johann, einen Kompass und ein Fernrohr. Ein Paar Schwimmflossen mussten wir uns selbst besorgen. Die konnte man ohne Probleme im Handel kaufen. Unser Ziel war die Donau, die magische Grenze zwischen zwei verschiedenen Welten. In einen Abschnitt, Cazane genannt, ist der Fluss nur um die 300 Meter breit, wenn überhaupt. Ein Jahr zuvor hatte ich eine Fortbildung zum Tourismus Guide absolviert, um einen Touristenführungsschein zu erwerben. Den Kurs hatte ich aus folgendem Grund belegt: das Abschlussprogramm enthielt einen Ausflug mit dem Schiff auf der Donau. So konnte ich das angestrebte Fluchtterrain erkunden.

Es war ein traumhafter Sommertag. Wir fuhren vom Hauptbahnhof mit dem Zug Richtung Hafenstadt Orşova. Nach der Ankunft machten wir alle einen Spaziergang entlang der Donau. Augen hatte ich nur für das serbische Ufer. Es lag nicht weit entfernt, aber für mich leider unerreichbar! Der Fluss gabelt sich dort in zwei Teile. Das konnte ich jetzt mit eigenen Augen sehen. Vor kurzem waren hier einige junge Männer bei dem Versuch zu flüchten gescheitert. Sie dachten, sie seien schon in Jugoslawien in Freiheit, jedoch waren sie noch auf rumänischen Boden! Die Grenzsoldaten  freuten sich an diesem Tag einige Trachten Prügel verteilen zu dürfen. Manche erzählten mir im Gefängnis, dass das Treffen sehr schmerzhaft zu Ende ging. Die Gefangenen wurden mit Handschellen an den Heizkörper gekettet und von den Soldaten bis zur Bewusstlosigkeit geschlagen. Bei dem Gedanken an deren blutigen Gesichter wurde mir schlecht. Als ob mir viel besser ging nach der Prügelei vom Polizisten… Aber dass erzähle ich später.

An dem besagten Sommertag wollte ich sehen, wie breit die Donau ist. Ob es stimmt, dass es nur 300 Meter sind? „Man springt ins Wasser und schon ist man fast am anderen Ufer", sagten manche.

Zwei Monate vorher war in diesem Abschnitt der Donau, einem Nachbarn von mir die Flucht gelungen. Ich wollte die Gelegenheit nutzen, um mir an Ort und Stelle ein Bild zu machen.

Nachdem wir alle an Bord waren, setzte sich das Schiff nach dem Startsignal in Bewegung und begann gegen den Strom zu gleiten.

Der Chef des Fortbildungskurses war ein ehemaliger Lehrer von mir. Natürlich wusste er nicht, was in meinem Kopf für Gedanken kursierten. Er hätte mich mit Sicherheit nicht mitgenommen, hätte er etwas geahnt. Mit uns ist bei Orsova auch ein Grenzsoldat eingestiegen. Das gab mir zu denken. Kurz, nachdem wir losgefahren sind, machte er eine Ankündigung:

„Wenn jemand von euch, währen der Fahrt vom Schiff ins Wasser zu springen versucht um zu flüchten, sollte er sich das zweimal überlegen. Ich habe nämlich Befehl zu schießen mit scharfe Munition."

Nach dieser Hiobsbotschaft war also Vorsicht geboten.

Ca. 30 Kilometer kämpften wir uns gegen den Strom. Dann kam die Region Cazane. Die Donauufer rückten immer näher zusammen. An manchen Stellen waren sie wirklich nur wenig voneinander entfernt. Dies deutete auf starke Strömungen hin.

Es wurde dunkler. Jedoch konnte ich das Risiko nicht eingehen den Sprung in die Freiheit zu wagen, da der Soldat da war. Irgendwann blieben nur wir beide oben an Deck übrig, und unterhielten uns über den Militärdienst. Nach einer Weile ging der Soldat auf Toilette. Es waren vielleicht nur 100 Meter bis zum serbischen Ufer! Was soll ich machen? Jetzt wäre der Moment zu springen, aber ich

zögerte und hatte Angst. Mein Ausweis war bei unserem Ausflugleiter. Dann kamen mir Gedanken wie:
Was passiert, wenn ich in die Strömung gerate? Wenn mich der Schiffspropeller erwischt, komme ich als Gulasch an der Wasseroberfläche! Oder es kann mich ein Wasserstrudel nach unten ziehen! Wenn der Soldat zurückkommt und ich ins Wasser bin, wird er bestimmt auf mich schießen. Er kann mich verletzten oder sogar töten! Soll ich jetzt sterben? In diesem dunklen dreckigen Wasser? Ein kalter Schauer lief mir über den Rücken. Es war wie in einem Horrorfilm. Die Felsen schienen immer höher, größer und bedrohlicher zu werden. In der Abenddämmerung erschienen die ersten Sterne. Mir war klar, dass aus meinem Traum in kurzer Zeit ein Albtraum werden könnte. Einige Flüchtlinge wurden von der Bootspatroullie erwischt und von den Soldaten erschossen. In mir stiegen Zweifel auf. Es war jetzt sowieso zu spät zu springen, da der Grenzsoldat im selben Moment wieder auftauchte. Ich zwang mich die ruhige Gelassenheit von vorhin herzustellen, um meine geheimen Pläne nicht preiszugeben. Zum ersten Mal war ich mein Traum so nah wie noch nie gekommen. Für mich war jetzt klar:
„Hier werde ich versuchen zu flüchten!"

Der Mann hustete kurz und kräftig. Die Realität holte mich ein. Hätte ich es damals gemacht, wäre ich heute nicht hier, um auf diese Horde Verbrecher aufzupassen. Das Schnarchen und Atmen der Gefangenen ging ununterbrochen weiter. Mein Blick fiel auf die Uhr.
„Noch eine viertel Stunde! Meine erste Nacht als Wache ist gleich vorbei. Danke Gott, du warst gnädig mit mir."

Müde, aber glücklich, weil die Nacht ohne Vorkommnisse vorbei war, ging ich auf die Toilette um mich zu waschen.

Eines Morgens blieben wir im Zimmer, anstatt auf dem Hof Kartoffeln zu sortieren. Die schwere Metalltür ging auf. Drei Wächter betraten den Raum:
„Alle mit dem Gesicht zur Wand. Die Hände über den Kopf! Keiner bewegt sich! Beine auseinander! Keiner spricht, niemand dreht sich um!"
Matratzen, Wäsche und Toilette wurden inspiziert. Ratlos wartete ich an meinem Platz, denn diese Kontrolle gehörte nicht zu dem mir bereits vertrauten Tagesablauf. Nachdem die Wächter alles gründlich durchsucht hatten, gingen sie wieder aus dem Zimmer. Dann fragte ich meinen Bettnachbarn:
„Was soll das, Toni? Wieso machen die das?"
„Das ist normal. Ein-zweimal im Monat kommen sie auf Inspektion. Sie suchen nach Rasierklingen, Messern, Geld, Feuerzeugen oder Streichhölzern. Das alles zu besitzen, ist verboten. Wer erwischt wird, kommt auf die Isolierstation. Da ist die reinste Hölle!"
„Gut, dass ich das jetzt weiß. Wenn einer auf blöde Gedanken kommen sollte und die Bude anzündet, werden wir alle zu Kohleresten. Deswegen auch die Nachtwache", dachte ich.
Ich machte weiter mein Bett. Eigentlich konnte man die Liegestätte nicht als Bett bezeichnen. Die Matratze war ein Sack voll mit Stroh gefüllt, das Kopfkissen ebenfalls. Dennoch spielten diese Umstände für mich keine Rolle, da ich jeden Abend erschöpft war und nach kurzer Zeit einschlief. Der einzige Tag, an dem nicht gearbeitet wurde,

war Sonntag. Es war Besuchstag. Nachmittags durfte man Zeitungen lesen. Das sollte der „Resozialisierung" dienen. Einmal im Monat durften Verwandte zu Besuch kommen, um Proviant und Zigaretten mitzubringen. Dieses Wochenende war es so weit. Endlich eine gute Nachricht: dem ersten Wiedersehen nach einen Monat, mit meinen Leuten! Ich freute mich. Da ich erst seit kurzem in Haft war, konnte ich mich zwischen einem Paket oder Besuch entscheiden. Als Besuchspersonen wurden nur Verwandte ersten Grades akzeptiert. Ich wählte den Besuch. Die Frage war: wer kommt oder kommt überhaupt jemand?

**Kap. 2**

**Besser mit drei Sprüngen ans Ziel kommen, als sich mit einem, das Bein zu brechen (Sprichwort aus der Senegal)**

Die Nacht von Samstag auf Sonntag schien kein Ende zu nehmen. Ich konnte vor Aufregung kein Auge zudrücken. Also schwelgte ich in Erinnerungen die mich an diesen verdammten Ort gebracht hatten.

Hätte ich auf meinen Vater damals gehört, wäre ich nicht hier. Warum war ich nur so starrköpfig!
Eigentlich war alles für Anfang September geplant gewesen. Die Tage waren nicht mehr so heiß und die Nächte noch nicht zu kalt. Fast jeden Abend ging ich zu Johann. Wir hatten alles sorgfältig geplant und schienen bereit zu sein und das Unterfangen konnte beginnen. Die Schwimmflossen, der Kompass, das Fernrohr, alles war schon in unseren Rucksäcken verstaut. Dann zerbrach unser Plan in tausend kleine Stücke. Drei Tage vor unserem Start, rutschte Johann unglücklich aus und brach sich das Bein.
Mist! Warum jetzt? Pech gehabt! Verschieben wir es halt. Alleine traute ich mich nicht die Flucht zu wagen. Es würde mindestens 6 Wochen dauern, bis Johann seinen Fuß einigermaßen wieder belasten konnte. Vier Wochen sollte er den Gipsverband tragen. Bis zu der Stelle an der wir über die Donau schwimmen wollten, waren es um die 50 km Fußmarsch. Es war klar dass wir unser vorhaben verschieben müssen. Johann brauchte Zeit um sich zu

erholen. Ich hingegen hatte keine Geduld mehr. Am nächsten Tag besuchte ich Doru, um mich abzulenken. Zu der Zeit hatte ich keine Freundin und wollte auch keine. Sie hätte mich bei meiner geplanten Aktion nur abgelenkt. Es hätte auch gefährlich werden können, wenn unser Plan verraten worden wäre.

Doru war verheiratet. Seine Frau Helen, war Feuer und Flamme für den Westen, denn sie hatte dort Verwandte. Bei meinem Besuch stellte sich heraus, dass auch er gerne fliehen wollte. Er war mit seinen Gedanken schon in München beim FC Bayern und träumte von einer Fußball Karriere in der ersten Liga. Warum nicht? Er war erst 23 Jahre alt. Seine Zukunft hatte er noch vor sich.

„Na, wenn das so ist, muss ich vielleicht doch nicht so lange warten", dachte ich. Dann erzählte ich den beiden, was ich bis jetzt geplant hatte:

„Ich habe mir folgendes überlegt:

Johann, mit dem ich die Flucht geplant habe, hat jetzt ein Gipsbein und kann sich in den nächsten zwei Monaten kaum bewegen. Wenn du willst, können wir zusammen gehen, aber Helen muss zu Hause bleiben" sagte ich zu Doru.

„Wieso dass? Sie ist doch meine Frau! Ich will sie mitnehmen Dani!"

„Hallo? Sag mal, hast du sie noch alle? Denkst du gar nicht nach? Es sind über 50 km Fußmarsch bis zu der vorgesehenen Fluchtstelle und es wird einige Tage dauern. Wir müssen nur nachts laufen. Willst du ihr das zumuten? Denkst du, sie kann mithalten, wenn wir von Grenzsoldaten verfolgt werden? Und was ist, wenn sie Helen erwischen und vergewaltigen? Kannst du es dann verhindern? Wird es dir Spaß machen dabei zu zuschauen? Oder was ist, wenn sie im Wasser Angst bekommt? Sollen wir dann zurückkehren? Komm alleine mit, oder lass es bleiben", äußerte ich mich sauer.

Ein paar Sekunden wurde Still. Dann sagte er zu seiner Frau:

„Hm.. Er hat Recht. Das Risiko ist viel zu groß. Du musst zu Hause bleiben Schatz. Es ist besser so. Wenn ich erwischt werde, bist wenigstens du in Sicherheit."

Helen motzte ein wenig aber sie hatte keine andere Wahl.

Somit hatte sich der Plan geändert und war beschlossene Sache. Johann gab mir seine Ausrüstung für Doru. Die Entscheidung war gefallen. Am Abend des ersten Septembers bestiegen wir den Zug nach Herkules Bad. Wir kamen um 5 Uhr früh an. Von hier sollte es weiter mit dem Bus in westliche Richtung gehen. Es war ein herrlicher Spätsommertag, mit blauen und wolkenlosen Himmeln. Als ob wir es so bestellt hätten. Bei dem bevorstehenden Fußmarsch durfte es nicht regnen, denn dies hätte die Bedingungen für einen reibungslosen Marsch ver-schlechtert.

Vor der Ankunft des Busses, hatten wir noch ein wenig Zeit.

„Na, was sagst du, Doru? Heute ist ein super Tag. Unser großer Tag. Schau dir den Himmel an. Er ist wolkenlos. Genauso, wie wir ihn brauchen. Und bald sind wir frei! Endlich frei!"

„Dein Wort in Gottes Namen. Bis dahin aber müssen wir die Strecke hinter uns bringen. Nachher gehen wir in der Donau baden, wenn alles gut ausgeht."

Unsere Laune waren großartig.

Der Bus kam und wir stiegen ein. Eine Wolke verbranntem Diesel schwirrte hinter uns her. Mit Mühe bewegte sich die Karre fort. Die Mitfahrer schauten uns neugierig an. Aufgrund unserer guten Launen scherzten wir pausenlos während der Fahrt. Nach ca. 2 Stunden erreichten wir das Dorf Șopot und stiegen aus. Wir gingen Richtung Süden. Nach einem Kilometer Marsch durch den Ort, Alarmstufe rot! Ein Polizist kam auf uns zu. Voller Panik rief ich Doru zu:

„Ach du Schande! Der kommt genau auf uns zu! Was machen wir jetzt? Komm, wir laufen weg!"

„Bist du bescheuert? Wenn wir jetzt weglaufen, rennt der uns sicher hinterher, benachrichtigt die Grenzsoldaten und wir sind erledigt. Bleib cool. Ich frage ihn, in welcher Richtung die Neraquelle liegt."

Nera hieß der Fluss, der nicht weit entfernt in den Bergen seine Quelle hat. Wir hatten zu Hause vereinbart, dass wenn wir erwischt werden sollten, jeder bei der Aussage bleibt, eine Tour in die Berge zur Quelle zu machen. Doru marschierte zum Polizisten und fragte ihn, in welcher Richtung sich die Neraquelle befindet.

Der schaute uns an und wirkte überrascht. Doch dann sagte er:

„Hallo Jungs. Ihr geht in die falsche Richtung. Kommt mit. Ich zeige sie euch. Aber sagt mal, was habt ihr da eigentlich in euren Rucksäcken?"

„Unsere Ausrüstung für die Berge, Essen und Wasser" gab Doru unschuldig zurück.

„Also gut. Aber bevor ihr weitergeht, möchte ich mir nur kurz eure Ausweiße und die Rucksäcke ansehen. Natürlich nur…. wenn ihr nichts dagegen habt" und lächelte uns an.

„Ach du Scheiße! Wir sind erledigt. Jetzt ist alles vorbei", schoss mir durch den Kopf.

Wir folgten dem Polizisten aufs Revier und mussten den Inhalt unserer Rucksäcke auf dem Tisch ausbreiten. Zum Vorschein kamen die Schwimmflossen, der Kompass und das Fernglas.

„Ok meine Lieben. Wo wollt ihr also hin? In die Berge?"

Wutentbrannt sprang er wie ein Wahnsinniger auf Doru zu und schrie ihn an:

„Bergsteigen, ha? Du Drecksack! Mit Schwimmflossen? Einen Scheiß auf die Berge! Und das Fernrohr wofür? Um die Fische zu beobachten? Euer Ziel ist die Donau, ihr Hurensöhne! Dachtet ihr wirklich, ich sei so blöd und kaufe euch diese Geschichte ab? Ihr seid nicht die Einzigen, die sich solche Märchen ausdenken! Reicht euch die Luft hierzulande nicht mehr zum Atmen aus? Kapitalismus werde ich euch geben, ihr Landesverräter!"

Er fegte die Schwimmflossen mit einer ruckartigen Handbewegung vom Tisch. Dann befahl er Doru:

„Du, du kommst mit. Du bleibst hier. Um dich kümmere ich mich später", sagte er zu mir.

Was für ein Pech! Gerade jetzt musste dieser Depp kommen! Alles ist vorbei. Mist! Wir haben nicht einmal die Donau gesehen!

Ich war entschlossen, bei der Aussage mit den Bergen zu bleiben. Wollte Doru nicht verraten. Auf einmal hörte ich Schreie irgendwo im Gebäude. Ein Stich durchzuckte mein Herz.

„Der schlägt Doru! Und bald bin ich an der Reihe. Ich muss abhauen!"

Verschreckt blickte ich mich nach dem Fenster um. Doch die Flucht konnte ich vergessen. Vor dem Fenster befanden sich dicke Eisengitter und draußen im Hof waren zwei Männer in Zivil, die sich unterhielten.

„Was soll ich jetzt machen? Es geht nicht. Scheiße!"

Ich war mit meinen Ausbruchsgedanken beschäftigt und stand total unter Schock. Die Tür ging auf. Der Polizist kam rein und schrie mich an:

„Na, was ist? Hast du deine Meinung geändert? Oder willst du mir weiterhin schöne Märchen von den Bergen erzählen?"

Ich schwieg. Der Polizist nahm ein Blatt Papier, einen Kuli und schmiss beides auf dem Tisch.

„Da, du Fischkopf. Schreib, dass ihr versucht habt, über die Donau das Land zu verlassen. Mach schon, los! Dein Kumpel hat alles gestanden. Los, los, ich hab keine Zeit zu verlieren!"

„Warum sollte ich das schreiben? Ich wollte nicht zur Donau, sondern zur Neraquelle", entgegnete ich.

Da platzte dem Polizisten der Kragen. Er wurde knallrot und seine Lippen fingen vor Zorn an zu beben. Er schlug mir eine Rechte ins Gesicht! Die Linke folgte rasch hinterher. Rechtzeitig hielt ich mir die Hände vor das Gesicht, um die letzten zwei Schläge abzublocken. Das machte den Schläger nur noch wütender. Er nahm eine Schwimmflosse vom Tisch und schlug damit auf mich ein. Der Kraftakt ließ ihn gewaltig schwitzen. Klatschnass hörte er nach einer Weile mit den Schlägen auf. Schreiend teilte er mir mit:

„Ich mache jetzt Mittagspause. Bin in einer halben Stunde wieder da. Wenn du bis dahin nicht schreibst, breche ich dir sämtliche Knochen. Hast du das kapiert? Du Verräter!"
Ich war total durcheinander und nickte, sodass ich mein Verständnis signalisierte. Danach ging er. Meine Wangen glühten. Alles tat mir weh. Dieser Verrückte hatte mit dem ersten Schlag direkt mein Ohr getroffen.
„Der ist ja nicht mehr ganz dicht! Was mache ich jetzt bloß? Was hat Doru geschrieben oder gesagt?"
Ich konnte es nicht wissen. Wir waren getrennt. Dann ging wieder die Tür auf.
„Jetzt kommt bestimmt Teil zwei der Prügelattacken", dachte ich.
Aber ich war überrascht. Statt des Polizisten, betrat ein Mann in Zivil das Zimmer. Er setzte sich mir gegenüber auf einen Stuhl und sprach mich an:
„Jungs, Jungs...Wieso macht ihr solche Dummheiten? Pass auf! Sei kein Sturkopf. Du kassierst alle Schläge umsonst. Dein Kumpel hat gleich zugegeben, dass ihr in Richtung Donau gehen wolltet. Die Schwimmflossen haben euch verraten. Der Polizist prügelt dich windelweich. Du wirst schreiben müssen was er sagt, sonst hast du hast keine Chance."
„Was? Doru hat gleich ausgepackt? Dieses Weichei! Wie kann ich ihm jetzt noch vertrauen? Angsthase! Eigentlich hat der Mann Recht. Ich muss alles zu Papier bringen, bevor dieser Killer zurückkommt und mich wieder verprügelt."
Der Man bot mir eine Zigarette an. Mit zitternder Hand nahm ich sie und zündete sie an. Ich gab auf und schrieb

die Aussage. Nach kurzer Zeit kam der Polizist ins Zimmer und fragte mich:

„Na Junge, hast du es dir gut überlegt? Oder gehen wir besser in die zweite Massagerunde?"

„Nein, nein. Danke, mir reicht die erste. Ich hab das aufgeschrieben, so wie Sie mir gesagt haben."

Ein Grinsen erschien auf dem Gesicht des Polizisten.

„Na siehst du mein Junge. Warum nicht gleich so! Dein Kumpel war schlau. Er hat nach dem ersten Schlag gestanden. Also, pack deinen Rucksack. Wir fahren bald los."

„Entschuldigung. Jetzt…. dürfen wir nach Hause gehen, oder?" fragte ich schüchtern.

„Das, mit dem nach Hause gehen, kann eine Weile dauern. Erstmal müssen wir nach Oravița gehen. Wenn die dort sagen, dass ihr nach Hause könnt, dann geht ihr halt nach Hause."

Ich war ein wenig verwirrt und realisierte gar nicht, dass wir ab jetzt unter Arrest standen. Der Polizist ging hinaus und Doru kam ins Zimmer. Er wollte mich umarmen. Ich aber ging zwei Schritte zurück.

„Stopp. Fass mich nicht an! Geh weg und lass mich in Ruhe, du Weichei! Was haben wir beide zu Hause besprochen? Selbst wenn Blut fließt, wollten wir die Geschichte mit den Bergen durchziehen, oder? Und was machst du? Du kriegst eins auf die Backen und sagst gleich die Wahrheit? Du Hosenscheißer! Das hätte ich niemals von dir gedacht!"

„Ach komm Dani, nimm es nicht so tragisch. Er sagte mir dass du schnell alles verraten hast. Wie konnte ich prüfen ob er die Wahrheit sagt? Der hätte uns zu Tode geprügelt."

„Bei mir hat er es fast geschafft. Ich dachte, ich falle in Ohnmacht. Schaum hatte er vorm Mund als ob er vergiftet worden wäre! Der hat mich mit den Fäusten und daraufhin mit einer der Schwimmflossen geschlagen. Zum Glück hat er mein Gesicht nicht komplett demoliert. Ich konnte ein paar Schläge abblocken."

„Oh, dass tut mir leid Dani. Woher sollte ich das denn wissen? Zu mir sagte er, dass du gleich alles gestanden hättest. Dann dachte ich, es hat keinen Sinn dagegen zu halten."

„So ein perverses Schwein! Der hat uns ganz schön über den Tisch gezogen. Jetzt sagte er, dass wir vielleicht nach Hause können. Ich glaube ihm aber kein Wort."

„Sei doch nicht so pessimistisch. Das wird schon", versuchte Doru mich zu beruhigen.

Wir packten unsere Sachen und warteten auf den Beamten. Der kam mit einem Zivilbegleiter. Dann stiegen wir ins Auto. Es ging los. Nach einer Stunde Fahrt kamen wir in die Stadt Oravița. Wir gingen in Arrest. Die Rucksäcke, Riemen und Schnüre wurden dem Lageristen übergeben. Ein anderer Bulle begleitete uns zu einer maroden Zelle. Dort sperrte er uns ein. Nur eine schwache Lampe beleuchtete diesen Ort. Es stank nach Schimmel. Das waren die ersten Hinweise einer grausamen Zeit, die noch auf uns zukommen sollte. Seit 24 Stunden hatten wir nichts gegessen oder getrunken. Physisch und psychisch waren wir total erschöpft. Der Körper verlangte sein Tribut. Endlich kam die gute Nachricht:

Abendessen! Aber die Freude verging gleich nach dem ersten Löffel.

„Was ist das für ein Mist?"

Sofort spuckte ich die Suppe aus. Fast hätte ich mich übergeben.

„Das soll sich Essen nennen? Zum Kotzen! Sogar meine Schweine haben besseres Futter bekommen!"

Die geschmackloseste Suppe die ich je gegessen hatte. Ungesalzen und von Fleisch nicht die geringste Spur. Sie schmeckte nach Mehl und Abwaschwasser.

„Auf einen guten Beginn", scherzte Doru.

Zum Glück war noch ein Stück undefinierbarer Kuchen dabei. Der berühmte Turtoi. Wenigstens war der einigermaßen genießbar. Die Suppe landete im Abfluss. Wir gingen zu Bett. Ein mit Stroh gefüllter Sack diente als Matratze. So auch das Kopfkissen. Na dann gute Nacht! Vor Aufregung, konnte keiner von uns einschlafen.

Einiger Zeit später ging die Zellentür auf. Ein Mann um die 40 kam rein. Er grüßte und setzte sich aufs Bett. Die Zelle war mit 4 Betten ausgerüstet. Wir kamen ins Gespräch. George, so hieß er, hatte wie wir versucht über die Grenze zu fliehen. Er hatte es zu Fuß von Land aus gewagt und wurde von den Grenzsoldaten gefasst. Sein Kumpel hatte Glück und konnte nach Jugoslawien entwischen.

„Weißt du, wir gehen morgen nach Hause! Das hat uns der Polizist, der uns erwischt hat, gesagt. Ich freue mich schon darauf" deutete ich an.

„Was du nicht sagst! Darüber kann ich nur lachen. Bist du wirklich so naiv und glaubst ihm? Das kannst du vergessen. Wer auf Arrest ist, der kommt nicht vor dem Prozess raus. Dies kann bis zu 10 Tagen dauern. Stellt euch darauf ein und macht euch auf was gefasst. Es kommen verdammt harte Zeiten auf uns alle zu."

Er erzählte, dass er bereits vor 5 Jahren wegen Diebstahles im Gefängnis gewesen war und deswegen weis wie die Prozedur ist.

Die gute Laune war schlagartig vorbei. Ich spürte, dass ich die Augen nicht mehr lange offen halten konnte und versuchte zu schlafen. Das war, nach so viel Stress, gar nicht einfach. Die blöde Lampe nervte mich unaufhörlich! Licht musste für die regelmäßige Überprüfung der Gefangenen sein. Es war Vorschrift. Schließlich siegte die Müdigkeit und ich schlief ein.

Nach ein paar Tagen kamen unsere Eltern zu Besuch. Es war eine rührende Begegnung. Tränen flossen, aber das änderte nichts. Mein Vater versuchte, den Staatsanwalt zu bestechen. Dorus Mutter machte durch ihre Intervention bei der Parteibehörde aber alles zunichte. Weil sie Personen mit einem höheren Rang in den Gremien kennte, dachte sie, dass das die Situation verbessern könnte. Leider hatte sie sich verschätzt. Wer sollte seinen Ruf und seine Funktion für uns riskieren? Der Fluchtversuch war als Landesverrat eingestuft. Da mischte sich keiner ein. Mein Vater war stocksauer. Auf dem Rückweg nach Hause passierte es. Ein Streit zwischen ihm und Dorus Mutter brich aus. In einer Kurve verlor er die Kontrolle über den Wagen, kam von der Straße ab und stürzte eine Böschung hinunter.

Der Wagen überschlug sich einmal und blieb auf dem Dach liegen. Gott sei Dank passierte nichts schlimmes, außer Schreck und Blechschaden.

Uns stand die Anhörung mit dem Staatsanwalt bevor. Die Wache zitierte uns mitzugehen, um erneut getrennt befragt zu werden. Dieses Mal wurde keine Gewalt angewendet, denn beide Aussagen stimmten überein.

Nach dem Verhör ging es zurück in den Kerker. Die Zeit verging wie in Zeitlupe. Frische Luft durften wir nur einmal am Tag – eine halbe Stunde lang - in einem Innenhof von 3 x 3 Metern Größe, schnuppern. Wie die Tiere in den Käfig! Ansonsten blieb uns nur die dunkle Zelle zur Verfügung. Nach acht zermürbenden Tagen kam endlich der Prozess. Er war wie ein Theaterstück, eine Inszenierung. Ohne viel drum herum, hatten sie uns zu jeweils zehn Monaten Knast verurteilt.

Am nächsten Tag wurde verkündet, wer in das Gefängnis Popa Șapcă in Temeschburg kommt. Wir waren dabei. So endete der erste schmerzhafteste Teil von diesem Albtraum.

Der zweite Teil der Gefangenschaft war, relativ, nicht mehr so extrem. Täglich konnte ich mich im Freien bewegen, auch wenn es nur im Gefängnishof war.


Der Oktober begann wunderbar, zumindest was das Wetter betraf. Der Spätsommer zeigte sich von seiner schönen Seite. Temperaturen um die 20 ° C waren an der Tagesordnung. Endlich konnten wir uns in der Mittagspause ein wenig wärmen und von der Freiheit träumen.

Eines Morgens ordnete der Zellenchef folgendes an:

„Setzt euch alle hin. Uns wird gleich etwas mitgeteilt."

Wir waren alle gespannt. Es herrschte völlige Ruhe.

„Was will der uns sagen? Bestimmt kündigt er unsere Entlassung", scherzte ich leise.

„Vergiss es. Du bist erst seit ein paar Wochen da und willst schon nach Hause? Das ist ein Hotel im Vergleich zu dem, was ich Ende der 50er Jahre erlebt habe!" sagte Toni, mein Nachbar.

„Ach komm Toni, mach es nicht so spannend. Erzähl mal. Was war damals los?"

„Gedulde dich. Jetzt müssen wir erst mal zuhören, was uns der Chef zu sagen hat."

„Na gut."

Die schwere Eisentür ging auf. Drei Wärter betraten das Zimmer.

„Alle bleiben sitzen und halten die Klappe. Etwas Wichtiges wird angekündigt", befahl der Zimmerchef.

Ein Wärter fing an zu sprechen:

„Wir suchen Handwerker für eine Baustelle. Ihr solltet euch mit Verputzen, schweißen und Erdarbeiten auskennen. Ihr habt die Chance aus diesem Zimmer weg zu kommen und ein besseres Essen zu bekommen. Überlegt es euch, danach meldet euch beim Zimmerchef. Denkt aber nicht, dass ihr freikommt und versucht keine Dummheiten zu machen. Es hat noch keiner geschafft zu entkommen. In den letzten 10 Jahren gab es zwei Ausbrüche. Die Jungs wurden erwischt und bekamen noch 3 Jahren obendrauf. Ich sage euch, es lohnt sich nicht. Bis heute Abend brauche ich die Liste mit den arbeitswilligen Leuten, Georg."

„Alles klar, Boss" antwortete der Zimmerchef.

Die drei Wärter gingen raus. Die Tür wurde verschlossen. Wir alle waren aufgeregt und sprachen nur über dieses Thema. Es passierte endlich etwas Neues in unserem alltäglichen Einerlei! Es war wie am Basar.

„Halt, ihr Eierköpfe. Was soll das? Sind wir hier auf dem Markt, oder was? Ruhe jetzt!" schrie der Zimmerchef.

„Überlegt es euch in Ruhe und macht nicht so einen Krach, ihr Deppen!"

Leichter gesagt, als getan. Was sollte ich machen? Ich wollte unbedingt raus aus diesem Rattenloch.

„Außerdem vergeht draußen die Zeit viel schneller als hier. Wenn, dann Verputzen. Damit kenne ich mich aus" dachte ich.

Nach circa einer Stunde fing der Chef an, die Liste auszufüllen. Ich meldete mich als Verputzter. So kam wieder ein wenig Hoffnung in mir auf ein besseres Leben.

Nach dem Abendessen erzählte Toni was er erlebt hatte, als er das erste Mal eingesperrt wurde. Dieses Mal saß er wegen einer Bagatelle im Gefängnis. Er hatte ein paar Bleche aus der Fabrik geklaut und wurde erwischt. Dafür bekam er sechs Monate. Sein Körper war mit kleinen Löchern übersät. Am schlimmsten waren die Hände und das Gesicht. Für seine 50 Jahre sah er viel älter aus.

„Ihr jammert, dass hier alles schlecht ist. Ihr habt keine Ahnung was andere durchgemacht haben. Ich erzähle euch jetzt meine Story. Danach könnt ihr darüber nachdenken, ob es hier wirklich so schlimm ist.

Es war im Jahre 1958. Ich war im Dorf Gendarm. Damals wurden die Bauern enteignet und gezwungen, sich in Kooperativen zu organisieren. Natürlich waren nicht alle einverstanden mit dieser Aktion. Sie protestierten, aber ohne Erfolg. Wir und die Armee, verhinderten die Proteste. Es gab Opfer. Ich und noch ein Kollege waren im Dorf auf dem Posten. Wenn wir gebraucht wurden, mussten wir zwei bis drei Tage von Zuhause weggehen. Natürlich passte es mir nicht, da ich vor einem Jahr geheiratet habe. Aber Pflicht ist Pflicht. Ich lebte gut im Vergleich zu viele anderen. Mir fehlte es an nichts und ich hatte viele Vorteile. Der einzige Nachteil war das Abreisen. Was soll's, ich war zufrieden. Eines Tages bekam ich einen Anruf, dass wir in einem Ort, in circa 70 Kilometern Entfernung, gebraucht werden. Es könne länger dauern, weil ein paar Bauern sich in den Wäldern versteckt hätten. Sie sollten bewaffnet sein. In zwei Stunden käme ein LKW vorbei, um uns abzuholen. Okay, dachte ich. Ich ging also nach Hause und sagte meiner Frau, dass ich für drei Tage weggehen muss, packte meine Sachen, aß zu Mittag, trank einen Schnaps und kehrte zum Posten zurück.

Die Waffen hatten wir in einem Stahlschrank aufbewahrt. Jeder bereitete seine Ausrüstung vor und nahm sie mit. Nachdem alles fertig war setzten wir uns hin, um eine Zigarette zu rauchen. Nach kurzer Zeit kam der LKW, wir stiegen ein und fuhren Richtung Bauernaufstand. Mitleid hatte ich schon mit den Leuten. Mir hätte es auch nicht gepasst, wenn mir alles genommen werden sollte. Ich konnte aber nichts dagegen tun. Durch meinen Job war ich verpflichtet, das auszuführen, was mir die Vorgesetzten auftragen.

Nach der Ankunft wurden wir zusammen mit ein paar Kollegen in eine Kaserne einquartiert. Am nächsten Tag rückten wir zu dem besagten Waldstück vor. Die Aktion hielt zwei Tage an. Die Aufständischen hatten keine Chance. Sie wurden gefangen genommen. Gott sei Dank floss kein Blut! Ich kehrte zurück, ohne einen einzigen Schuss abzugeben. Als ich im Dorf ankam, war es schon dunkel. Damals gab es auf den Straßen wenig

Beleuchtung. Wenn es regnete, reichte der Schlamm bis zu den Knien. Zum Glück war diesmal alles trocken. Ich ging mit dem Kollegen auf den Posten um die Waffen im Tresor zu deponieren. Danach tranken wir einen Schnaps und gingen froh nach Hause. Wegen dieses Einsatzes hatte ich einen Tag frei. Der Plan war klar:

Ich mache es mir bequem und werde diese Nacht mit meiner Frau verbringen! Gut essen, gut trinken und nachher wird.... gebumst.

Ich näherte mich langsam unserem Haus. Es war stockdunkel. Ich wollte meine Frau überraschen und ging erst zum Fenster. Kurz danach hörte ich einen Schrei. Diesen Schrei aber kannte ich. So reagierte meine Frau, wenn sie einen Höhepunkt hatte! Wer sollte das besser wissen als ich?

Ist die jetzt übergeschnappt oder was? Besorgt sie es sich selber? Vor zwei Tagen erst hatten wir es doch getan, dachte ich. Neugierig spähte ich durch den Vorhang, konnte aber nicht viel sehen weil es dunkel war. Dann klärte sich der Himmel und der Mond leuchtete ein wenig auch im Zimmer. Leider hatte ich mich getäuscht. Sie war nicht alleine im Zimmer. Irgendeiner war da und nahm sie kräftig von hinten! In meinem Haus und in meinem Bett!

Ich war außer mir vor Wut und wollte die Flinte vom Posten holen und beide erschießen. Aber dann bremste mich der Gedanke, dass mein „Ersatzmann" vielleicht inzwischen abhauen kann, bevor ich ihm zur Gesicht bekomme. Das Geschehen durfte aber nicht ohne Konsequenzen bleiben! Am liebsten hätte ich das Fenster mit den Fäusten einschlagen. Die Gefahr mich zu verletzen war mir aber zu groß. Der Versuch durch die Eingangstür zu gehen ging schief. Die Tür war abgeschlossen.

Diese verdammte Hure dachte, sie ist in Sicherheit! Ich entschied mich, vor dem Eingang abzuwarten, bis das Arschloch wieder geht. Im Hof fand ich einen Stock, nahm ihn an mich und blieb auf der Lauer. Es dauerte nicht mehr lange. Nach einer viertel Stunde kam Bewegung ins Zimmer. Das Licht ging an. Ich hörte Schritte, die immer näher an die Tür kamen.

Na wartet, jetzt bekommt ihr meine Liebe zu spüren, schäumte ich vor Wut. Sie kamen beide an die Haustür und er küsste sie zum Abschied.

„Es war wunderbar mit dir Maria. Schade dass ich gehen muss" sagte er.

„Na ja, es kommen noch solche Tagen wenn der Toni wieder unterwegs ist. Es war schon. Gute Nacht Schatz", antwortete sie.

Die Tür ging auf.

„Na dann gute Nacht meine lieben", murmelte ich und in dem Moment bekam er einen Kuss von mir! Ich schlug ihm mit dem Stock auf die Brust und er fiel auf die Schnauze.

„Du Schweinehund! Was machst du hier? Habe ich dich bestellt als Wächter oder was? Wie viele Nummern hast du mit ihr durchgezogen, he? Jetzt bin ich an der Reihe und gebe sie dir zurück!"

Ich schlug ihn dreimal mit dem Stock. Danach massierte ich ihm intensiv alle Knochen mit den Stiefeln. Meine Frau schrie und versuchte mich aufzuhalten. Aber ich war so in Rage, dass keiner in der Lage war mich zurückzuhalten!

„Toni! Bist du verrückt? Du bringst ihn um!"

„Na und? Er soll eine Lektion bekommen, dass er bei keiner verheirateten Frau was zu suchen hat! Und du, du blöde Hure, du bekommst nicht genug von mir? Da! Jetzt kriegst du von mir.... eine kurze Nummer!"

Ich drehte mich um und erwischte sie mit der Faust im Gesicht. Sie fiel zu Boden und ich trat ihr ohne Gnade in den Bauch.

Bei dem Lärm wachten die Hunde in der Nachbarschaft auf. Mein Vater und meine zwei Brüder eilten herbei. Sie wohnten in der Nähe. Nur mit Mühe konnten sie mich endlich zur Seite ziehen. Ich weiß nicht mehr genau, was passiert ist. Ich hatte einen Blackout. Der Nebenbuhler lag regungslos am Boden. Meine Frau jammerte vor Schmerzen ein paar Meter weiter auf dem Boden gekrümmt. Mein Kollege kam auch vorbei und rief einen Krankenwagen. Es sah schlecht für den Mann aus, aber auch für mich. Am Anfang wusste ich nicht, wer er war. Später sah ich dass es mein Nachbar Michael ist. Der Krankenwagen nahm die beiden Verletzten mit und brachte sie ins Krankenhaus. Nachdem ich mich beruhigt hatte, tat es mir leid. Scheiße! Ich bin erledigt. Hoffentlich wird er nicht sterben, dachte ich. Ich ging ins Haus und holte eine Pulle Schnaps hervor. Es war wie in einem schlechten Film. Ich wusste zwar was ich getan hatte, stand aber unter Schock und konnte nicht mehr klar denken.

Ich hörte nicht auf zu trinken, bis die Flasche leer war. Danach fiel ich in einen tiefen Schlaf. Am nächsten Tag, um die Mittagszeit, weckte mich ein grausames Geräusch auf.

„Aufstehen, du Krimineller!", schrie mich einer an und rüttelte mich. Ich war wie in Trance. Mein Kopf war noch voller Schnaps. Mit Mühe kam ich aus dem Bett und wurde schon von vier kräftigen Armen hoch gezerrt.

„Zieh dich an! Du kommst mit uns, du Trottel! Weißt du was du getan hast? Du hast Michael zu Tode geprügelt. Deine Frau ist auf der Intensivstation. Du stehst jetzt unter Arrest."

Nach diesem Satz war ich putzmunter und wusste, was auf mich zukommt. Sie legten mir Handschellen an und führten mich zum Auto ab. Es ging zum Arrest, danach ins Gefängnis. Ich bekam sechs Jahre. Es war ein relativ mildes Urteil. Der Staatsanwalt plädierte für zehn. Zum Glück hatte mich mein Anwalt gut verteidigt. Ich wurde als gefährlich eingestuft und mit mehreren Kriminellen in eine separate Abteilung verlegt. Dort wurden wir wie Tiere behandelt und ständig geschlagen. Von früh bis abends mussten wir zwölf Stunden Schwerstarbeit auf dem Bau verrichten und bekamen einmal am Tag Essen. Ich wurde mit 120 Kilo eingelocht und wog nach einem halben Jahr nur noch 70. Dort war die Hölle auf Erden. Egal ob du was getan hast oder nicht, die Wächter haben dich nach Lust und Laune verprügelt.

Eines Tages kam der Gefängnisdirektor mit zwei Wärtern und kündigte folgendes an:

„Hört zu Verbrecherhorde. Ihr habt die Möglichkeit, eure Strafe zu mildern. Wir suchen Leute, die im Donaudelta Schlangen fangen wollen. Für 100 Stück bekommt ihr einen Tag gut geschrieben. Für 200 Stück, zwei Tage. Die Tiere sind nicht giftig. Ihr seid giftiger als sie. Wer mitmachen möchte, soll sich anmelden."

Gute Laune verbreitete sich. Ich dachte, ich gehe lieber dorthin und sterbe, anstatt mich hier ohne Grund verprügeln zu lassen. Ich hatte mehr als fünf Jahre noch zu verbüßen. Die Aussicht auf eine frühzeitige Entlassung machte mir Hoffnung also meldete ich mich sofort an. Nach zwei Tagen war es so weit. Alle, die sich für diese Tätigkeit gemeldet haben, versammelten sich im Gefängnishof. Ein Bus transportierte uns bis zum Bahnhof. Wir wurden in einen Viehwaggon gesetzt und der Zug fuhr zum Donaudelta. Nach einer langen Fahrt kamen wir an und wurden in eine Baracke einquartiert. Obwohl wir Hundemüde waren, nach drei Tage und zwei Nächte fast ohne Schlaf, begann sofort die Schlangenjagd.

Fünf Boote wurden mit je sechs Gefangenen besetzt. Zwei andere mit jeweils drei bewaffneten Aufpassern. Hier sah ich zum ersten Mal in meinem Leben die Schlangen. Faszinierend, denn es war Paarungszeit. Wir konnten sie gefahrlos anfassen und sie taten uns nichts. Da waren unglaublich viele zusammengerollt wie ein Strohballen. Bestimmt bis zu 200 Stück, wenn nicht mehr. Wir hatten Netze. Die mussten wir nur auswerfen, sie einfangen und hinter unserem Boot bis ans Ufer ziehen. Dort wartete ein speziell angefertigter Container, in den wir die Schlangen deponierten. Alles wurde mit bloßen Händen gemacht. Uhhh! Wenn ich heute daran denke, bekomme ich eine Gänsehaut! Ekelhaft! Ich musste mich damals übergeben. Als Anfänger war es gar nicht so leicht bei diesem Anblick den Magen im Griff zu halten!

Nach ein paar Tagen hatte ich aber die Lage unter Kontrolle. Die Schlangen waren nicht unsere Feinde, sondern die Mücken. Schaut mich an! Tausende und abertausende Stiche von diesen Viechern.

Am Tag ging es, aber nachts, bis zwei, drei Uhr blieben wir wach. Die flogen auf uns zu wie Kamikaze. Zum Glück war ich nicht allergisch gegen sie. Viele meine Kollegen sind gestorben. Es war aber kein Problem sie zu ersetzten. Aus dem Land kamen immer neue Gesichter und die Arbeit ging ohne große Unterbrechungen weiter. Ich habe es mit Gottes Hilfe geschafft. Nach drei Jahren endete mein Martyrium und ich kam frei. Wenn ich die Schlangen, die ich gefangen habe, hintereinander legen würde, kämen bestimmt gut einige Tausend Kilometer zusammen."

„Und was ist mit deiner Frau passiert?" fragte ich.

„Die hat sich erholt, ist weggezogen und hat sich scheiden lassen. Gott sei Dank waren keine Kinder im Spiel! Es interessierte mich nicht mehr. Das blöde war, dass ich durch diese Aktion meinen guten Job verloren habe. Aber so ist das im Leben. Man kann nicht alles haben. Also Jungs, haltet eure Klappe und denkt an Gott, denn er wird euch helfen. Es ist bei weitem nicht so schlecht wie es aussieht."

## Kap. 3

***„Wenn du schnell gehen willst, geh allein. Aber wenn du weit gehen willst, geh mit anderen"(Sprichwort aus Afrika)***

Alle, die sich für die Arbeit gemeldet hatten, wurden gerufen und in ein extra Zimmer mit einem anderen Zimmerchef eingeteilt. Ich war dabei. In diesem Zimmer waren wir insgesamt siebzig Gefangene auf einer Fläche von ca. 100 m² einquartiert.

Am nächsten Tag sollte es auf die Baustelle gehen. Das Einzige was ich wusste war, dass der Arbeitsplatz fünfzig Kilometer entfernt lag. Es war eine Schweinezuchtanlage, die vergrößert werden sollte. Dafür wurden die Arbeitskräfte gesucht und gebraucht.

Ich war aufgeregt. Nach sechs Wochen in der geschlossenen Abteilung konnte ich endlich die Freiheit schnuppern, auch wenn eine relative.

„Gott sei Dank mal was anderes. Die Zeit wird sicher schneller vergehen. Hoffentlich wird der Winter nicht frühzeitig kommen. Im Freien ist die Kälte kein Vergnügen" dachte ich und schlief ein.

Am nächsten Morgen, nachdem das Signal zum Aufstehen gegeben wurde, ging es zügig mit Waschen und Vorbereitung für die Reise. Um 6:30 Uhr fuhren zwei Busse in den Gefängnishof. Alle die sich für die Baustelle angemeldet haben, stiegen ein. Dann ging das große Tor auf. Die Busse rollten langsam zur Ausfahrt. Ich bekam Gänsehaut. Eine Glasscheibe und ein dünner Blech trennten mich von der Freiheit! Die Fenster waren mit

Vorhängen geschlossen. Durch einen klitzekleinen Spalt konnte ich jedoch auf die Strasse in die Freiheit schauen. Auch wenn es keine richtige Freiheit war, so war es doch besser als in dieser Kloake von Gefängnis, zu verkümmern. Der Bus rollte auf die Hauptstraße. Die Erinnerungen holten mich ein und meine Augen wurden feucht. Ein Paar Tränen kullerten auf meine Wange. Ich wischte sie aber rasch, so dass mich die Kollegen nicht heulen sehen. In dieser großen Stadt kannte ich mich aus, weil ich schon öfter hier gewesen war. Da lebten viele Verwandte von mütterlicher Seite. Das nutzte mir leider nichts. Die konnten mir nicht helfen.

Nach einer Viertelstunde Fahrt ging es auf der Bundesstraße zügiger voran. Jetzt wusste ich es erst zu schätzen, wie schön die Natur ist. Links und rechts der Straße waren Bäume, Akazien, Nussbäume, Kastanien. Alle wurden vom Herbst in verschiedenen Farben gemalt. Dann kam die Sonne heraus. Ich begann, von der Freiheit zu träumen. Es war leider nur ein kurzer Traum!

Der Bus fing an, gewaltig zu wackeln. Die Straße war in einem katastrophalen Zustand. Überall Löcher. Nach einer Schaukelpartie, stoppten endlich die Busse vor der Zuchtanlage. Die Gittertür, die die Fahrerkabine vom hinteren Teil trennte, ging auf und ein bewaffneter Wächter kündigte an:

„Ich bin euer Aufpasser auf der Baustelle und heiße George Mocanu. Ihr bleibt sitzen bis jeder seinen Name hört. Erst dann steht auf und kommt nach vorne. Danach steigt ihr aus, ordnet euch in Zweierreihen und wartet, ohne miteinander zu sprechen!"

Nachdem alle aufgerufen waren, fuhren die Busse zum Parkplatz und wir, die Gefangenen, marschierten Richtung Arbeitsplatz. Bevor die Arbeit anfangen sollte, wurden Mannschaften eingeteilt. Die Schweißer wurden von ihrem Vorarbeiter gerufen und mitgenommen. Mein Chef war ein junger Kerl, der einen Raubüberfall verübt hatte. Dafür bekam er zwei Jahre. Zu meiner Mannschaft gehörten noch: ein Vergewaltiger, der acht Jahre abzusitzen hatte und ein Arbeitsverweigerer, der sechs Monate bekam.

Wir, die vier Musketiere, gingen also in die Halle, wo die Boxen verputzt werden sollten. Fünf Halen standen im Rohbau. Sie waren in Boxen unterteilt, wo die Ferkel geboren wurden. In einer dieser Hallen war Platz für mindestens 200 Schweine.

„Ein Schwein sollte man sein! Die haben es gut im Gegensatz zu uns. Nichts tun, nur fressen und schlafen" dachte ich.

Der erste Tag verlief nicht besonders aufregend. Der Vorarbeiter teilte die Arbeit ein. Es wurde verputzt und repariert. Alle Löcher und Risse in den Betonfertigteilen mussten mit Zementmörtel aufgefüllt werden. Das war nichts Besonderes für mich. Zuhause hatte ich solche Arbeiten schon öfter gemacht. Ich war ein Allrounder. Die Armut macht den Menschen erfinderisch. Die Zeit bis zur Mittagspause verging relativ schnell. Ich war gespannt, was wir zu essen bekommen werden.

Der Wächter versprach damals bei Anmeldung, dass es ein besseres Essen geben würde. Jetzt war es so weit. Und tatsächlich, das Essen war besser! Wer nicht satt war, konnte eine zusätzliche Portion verlangen und bekam sie auch!

„Na, Gott sei Dank! Endlich kann ich mich satt essen. Auch wenn das Essen nicht so schmackhaft ist, zumindest gibt es genug davon" dachte ich und schlürfte weiter an der dickeren Suppe. Zwar war kein Fleisch darin, aber viele Kartoffeln und fast kein Sand. Dabei war auch einem Stück Schwarzbrot. Es war ein königliches Mittagsessen in Vergleich mit allem, was ich bis jetzt aus dem Gefängnis kannte!

Ich nahm mir zwei Mal nach und konnte mich endlich satt essen. Danach ging es weiter zur Arbeit. Alle hatten gute Laune. Es machte mir Spaß, weil keiner hinter mir her war. Zumindest dachte ich das. Aber der Wächter, der war wie ein Geist. Der Vorarbeiter warnte mich:

„Daniel, du musst aufpassen! Der kommt vorbei, wenn du gar nicht daran denkst. Wenn er uns beim Tratschen erwischt, ist der Teufel los. Der verprügelt uns ohne Gnade. Jeder von uns hat schon mal was auf die Kappe bekommen. Mach deine Arbeit. In der Pause haben wir genug Zeit zum Erzählen."

„Okay, Chef, alles klar."

„Ach was, auf so einer großen Baustelle kann der Wächter nicht überall sein", dachte ich.

Da täuschte ich mich aber gewaltig. Später sollte ich es am eigenen Leib zu spüren bekommen. Jetzt war alles noch in grünen Bereich. Ich gab Gas bei der Arbeit. Der Plan musste erfüllt werden, sonst bekam ich Probleme mit dem Chef. Der erste Arbeitstag ging langsam zu Ende. Ich war froh über meine Entscheidung, mich für die Baustelle gemeldet zu haben. Um 17:00 Uhr war Feierabend. Das Werkzeug wurde eingesammelt und in eine Baracke eingeschlossen. Alle Gefangenen versammelten sich auf den Platz zum Appell. Der Wächter rief jeden alphabetisch auf. Es wurde noch mal abgezählt. Alle da, alles in Ordnung. Die Busse rollten wieder an. Nachdem alle eingestiegen waren, ging es in Richtung „Zuhause", besser gesagt „Zuchthause."

„Auf jeden Fall bereue ich diesen Schritt nicht. Die Zeit vergeht viel schneller. Es tut zwar alles weh, aber das wird schon" machte ich mir Mut auf der Rückfahrt. Nach einer Stunde Fahrt waren wir wieder im geschlossenen Gefängnisbereich angekommen.

Alle stiegen aus. Es wurde abgezählt, danach ging es auf Zimmer.

„Hoffentlich bekommen wir das versprochene Brot", spekulierte ich.

Nach einer Weile öffnete sich das Fenster in der Zellentür auf und da kam tatsächlich das Brot. Für siebzig Insassen fünfunddreißig Stück frisches Schwarzbrot! Der Zimmerchef bekam vom Wärter ein Messer. Dann fing er an, die Brote zu halbieren. So viel auf einmal hatte ich schon lange weder gesehen noch gerochen geschweige von gegessen. Was für ein wunderbarer Geruch! Das Zimmer duftete nur nach frischem Brot! Ein Traum! Ich konnte mich nicht mehr beherrschen und fing sofort an zu knabbern. Eigentlich war es die Brotration für den nächsten Tag, aber das war mir jetzt völlig egal. Auf die schnelle wurde aus dem einen Halben nur noch ein Viertel Brot.

„So kann man leben" sagte ich begeistert zu einem Kollegen.

„Da hast du vollkommen Recht" kam prompt die Antwort.

Die Tage vergingen ohne Zwischenfälle. Die Arbeit ging flott voran bis zu einem gewissen Tag. In der Halle war es gemütlich. Es war Montag, ein grauer Herbsttag. Keiner von uns vier hatte wirklich Lust zu arbeiten. Wir erzählten Witze und wurden unaufmerksam.

Der „Rote Teufel", so hatten wir den Wächter getauft, war auf der Jagd.

Wir unterhielten uns sorglos und bemerkten nicht, dass er uns aus ein Paar Metern Entfernung beobachtete. Bestimmt stand er schon seit einigen Minuten dort, aber keinem von uns war er aufgefallen.

Jetzt aber war das Spiel zu Ende. Er kam direkt auf den Vorarbeiter zu und fing ihm an zu schimpfen:

„Sag mal, du Idiot. Warum habe ich dir mein Vertrauen geschenkt und dich zum Chef ernannt? Dass du die Vorschriften nicht beachtest? Statt zu arbeiten macht ihr Witze? Wo sind wir da ins Schlaraffenland oder ins Gefängnis du Blödmann?"

Dann knallte er ihm eine gewaltige Rechte. Wir zuckten alle zusammen. Es kam noch schlimmer. Jeder von uns kam an der Reihe und bekam eine Portion Prügel zu spüren. Der Wächter war schon ein versierter Schläger. Ich bekam eine auf die Backe und versuchte die zweite zu blocken. Der Hund aber täuschte mich und schlug mir eine in den Magen. Wie in Zeitlupe beugte ich mich nach vorne und versuchte Luft zu schnappen. Es ging aber ganz schlecht!

„So! Und jetzt könnt ihr lachen, ihr Eierköpfe. Oder ist euch das Lachen vergangen? Ihr seid als Gefangene hier zum Arbeiten und nicht um Spaß zu machen. Wenn ich euch noch einmal beim Tratschen erwische, dann könnt ihr mich wirklich kennen lernen! Ab an die Arbeit, ihr faulen Säcke!"

Ab diesem Tag war Schluss mit lustig. Es wurde richtig gearbeitet und ich schuftete wie ein Uhrwerk. So etwas wollte ich nicht noch einmal erleben!

Wir durften zur Baustelle eigenes Essen mitbringen. Von den Lebensmitteln, die ich von Zuhause bekommen hatte, war außer Speck nichts mehr übrig. Wie sollte ich es aber ohne Messer schneiden?

Ein Kollege aß zum Mittagessen geschnittenen Speck. Ich ging auf ihm zu und fragte ihn:

„He Kollege, sag mal, wie hast du das mit dem Speck gemacht? Ich sehe er ist geschnitten. Hast du ein Messer?"

„Pssst, nicht so laut. Ich hab eins. Warte, kurz."

Er ging ein paar Meter weiter, und kam mit einem kuriosen Werkzeug zurück. Es sah aus wie ein primitives Messer.

„Hier. Schneide, aber mach schnell. Sei vorsichtig, damit dich der rote Teufel nicht sieht, sonst sind wir beide im Eimer."

Ich nahm das Werkzeug, schaute es mir an und fragte:

„Was zum Geier, ist das? Es sieht aus wie Draht. Wie hast du es geschafft, dass es so platt ist und so gut schneidet?"

„Ganz einfach. Du gehst in der Pause zu den Schweißern, nimmst dir eine Elektrode von 3 mm und schlägst mit dem Hammer drauf, bis es so breit wird. Es schneidet wie ein echtes Messer. Pass gut auf, dass dich der Wächter nicht sieht. Und nimm das Zeug nicht mit aufs Zimmer! Es besteht die Gefahr dass es bei einer Kontrolle entdeckt wird. Dann bist du dran."

„Danke Bruder" sagte ich und fing an, den Speck zu schneiden.

„Mmmm, schmeckt das gut" dachte ich. Zuhause schaute ich den Speck nicht mal an. Hier aber war es eine Delikatesse!

Am nächsten Tag besorgte ich mir eine Elektrode und in der Mittagspause bastelte ich davon ein Messer. Nach ungefähr 15 Minuten war das Wundermesser fertig. Ungeduldig probierte ich es gleich aus. Es schnitt den Speck wie Butter. Danach versteckte ich es unter einem Betonteil. Ab jetzt gab es auf der Baustelle, keine Probleme mehr Brot oder Speck zu schneiden.

Der Monat Oktober ging langsam zu Ende. Die Tage wurden kürzer, der Herbst zeigte sich von seiner hässlichen Seite. Tagelang nur Regen und Kälte. Es wurde immer unangenehmer für uns am Bau. Zum Glück arbeiteten wir jetzt in der Halle und die war geschlossen. Auch wenn es keine Heizung gab, die Türen und Fenster waren inzwischen eingebaut. Damit war die Situation erträglich.

„Wie soll es in Winter weiter gehen? Die werden uns bestimmt wieder im Zimmer einsperren, wenn es hier keine Arbeit mehr gibt. Aber so weit will ich gar nicht denken. Mal sehen, was die Zukunft bringt" dachte ich.

Nach einigen Tagen erlebte ich etwas Eigenartiges. Wir waren von der Arbeit gekommen und warteten auf die tägliche Brotverteilung. Die Prozedur verlief wie immer. Das Fenster ging auf und zwei Gefangene reichten vom Flur aus die Brotration herein. Der Zimmerchef zählte die

Brotleibe. Als die 35 Brote durchgeschnitten waren, gab der Chef das Messer durch das Fenster an die Wache zurück. Jeder Zimmerinsasse ging nach vorne und erhielt die Brotportion. Nachdem das ganze Brot verteilt war, ein Mann ging leer aus.

„Das kann nicht wahr sein! Ich hab doch gezählt. Es waren 35 Brote! Wo ist die Portion dieses Mannes? Leute, macht kein Scheiß! Wer es genommen hat, soll es nach vorne bringen. Es passiert ihm nichts. Wenn das Brot in fünf Minuten nicht auftaucht, werde ich überall kontrollieren. Gott behüte, sollte ich es bei einem von euch finden! Dem werde ich zeigen wo der Hammer hängt!" kündigte der Zimmerchef an.

Im Zimmer wurde es still. Keiner rührte sich vom Platz. Die fünf Minuten vergingen, aber das Brot war noch immer nicht auf dem Tisch vom Chef. Er erhob sich und sagte:

„So Leute, die Zeit ist um. Jeder soll sein Brot zeigen und gleich mitnehmen. Alle, die ich schon geprüft habe, kommen nach vorne, stellen sich hinter mir auf und warten dort. Versucht keine faulen Tricks!"

Er fing vorne an, ging die Reihen nach durch, suchte in allen Betten und auch in den Brotzeitsäcken.

So arbeitete er sich durch bis zur vorletzten Reihe. Dort drehte er einen Brotzeitsack um und siehe da – das gesuchte Brot fiel heraus! Es war schon fast aufgegessen.

„So Leute. Und jetzt soll der Besitzer dieses Brotzeitsacks zu mir kommen. Aber zügig!"

Ein etwa 35 jähriger, schwarzhaariger Typ ging ängstlich und langsam nach hinten, wo sich der Zimmerchef befand.

„Gehört dir der?"

„Ja, Chef"

„Und was sucht dieses Stück Brot hier in deinen Brotzeitsack, wenn du dein halbes Brot in der Hand hast? Warum machst du so was, du verdammter Idiot?"

Der Schuldige kam gar nicht mehr zu Wort, weil der Chef ihm schon eine knallte. In dieser gespenstischen Ruhe, die im Zimmer herrschte, hörte man den Knall bis ganz vorne an der Tür. Kurz danach bekam der Dieb noch eine auf die Wange.

„So, du Arschloch! Jetzt gibst du deinem Kollegen seine Portion Brot. Ich werde dich diesmal nicht bei der Wache verpetzen. Dafür gibst du ihm auch Morgen deine Ration als Entschädigung. Leute, so was macht man nicht! Wir sind hier alle gleich, egal, was jeder draußen war, ob Bettler oder Ingenieur. Wenn noch mal so was vorkommt, dann erwartet den, der erwischt wird, die Isolierkammer. Das verspreche ich euch!"

„Er hat Recht. So was macht man nicht" dachte ich.

Nach dem Zwischenfall ging eine Zeitlang alles seinen gewohnten Gang. Die Kälte kam langsam aber sicher. In die Halle, in der wir jetzt arbeiteten, wurden die ersten Schweine gebracht. Das hatte einen positiven Effekt für uns, die Arbeiter. Ob Zivilist oder Gefangene, die Heizung wurde eingeschaltet. Es stank gewaltig, aber die Wärme entschädigte für den Gestank. Ich verstand mich gut mit einem Zivilisten, der hier arbeitete. Obwohl es verboten war miteinander zu sprechen, fanden wir ab und zu die Gelegenheit, uns zu unterhalten. Der Junge war im gleichen Alter wie ich. Er gab mir heimlich Zigaretten.

Der November zeigte sein hässliches Gesicht. Es war Anfang des Monats und draußen begann es schon langsam zu schneien an. Der Wind peitschte die letzten Blätter von den Bäumen. Ich wurde traurig. Meine Stimmung fiel, so wie das Thermometer.

„Ach Gott. Wenn jetzt schon so schlimm ist, wie wird es im Winter? Noch sieben lange Monate in diesem Loch! Ich lass mich nicht unterkriegen! Ich schaff es!" versuchte ich mich aufzumuntern.

Mitte des Monats November hatte ich wieder das Recht auf ein Paket von Zuhause. Mit dem Gedanken verbesserte sich meine Stimmung von Tag zu Tag. Es war bald so weit. Noch zwei Tage. Es kursierte ein Gerücht, dass ein Gesetz in Vorbereitung wäre. Zu Weihnachten soll eine Amnestie geben weil die Gefängnisse überfüllt waren. So eine Nachricht macht natürlich gute Laune. Am Sonntag war Besuchstag. Ich hoffte, dass mein Vater kommt und wollte ihn fragen, ob er etwas darüber gehört hat. Und tatsächlich, mein Vater bestätigte mir diese Nachricht. Ich freute mich riesig, zeigte es aber nicht weil ein Aufpasser stand zwei Meter hinter mir. Vorsicht war geboten! Mit mir im Zimmer, waren auch Leute die schon eine Begnadigung hinter sich hatten. Damals kamen frei nur die, die höchstens eine fünfjährige Strafe zu verbüßen hatten. Der Bettnachbar von mir hatte eine Straffe von 10 Jahren zu büßen. Er erzählte mir, wie das Ganze funktioniert.

„Junge pass auf:

Wenn tatsächlich eine Amnestie kommen sollte, werden verschiedene Maßnahmen ergriffen. Als erstes kommen bei uns, noch Leute dazu oder die versetzen uns von hier in ein anderes Zimmer. Das heißt, es kann sein, dass wir zu dritt in zwei Betten schlafen müssen. Wenn das passiert, kannst du sicher sein, es kommt eine Amnestie."

„Ach Gott. Bitte verlass mich nicht. Ich hab das hier so satt! Hilf mir, dass ich hier rauskomme!" betete ich in Gedanken. Nach ungefähr zwei Wochen, eines Abends, kündigte der Zimmerchef an:

„Morgen Früh bleiben alle im Zimmer. Es sieht so aus, dass Kollegen dazukommen. Das heißt, wir werden zu dritt in zwei Betten schlafen müssen."

Bei dieser Nachricht brachen alle spontan in einen einzigen Schrei. Es war die Bestätigung, dass die Amnestie kommen würde! Klar, dass keiner wusste, wann es so weit sein würde, aber es war so gut wie sicher, dass sie kommt! Im Zimmer war das totale Chaos. Keiner hörte mehr zu. Alle drückten sich, und fingen an, wie Kinder zu tanzen. Auch die, die zu längeren Haftstrafen verurteilt waren, würden davon profitieren, weil die Reststrafe sich halbierte. Mit Mühe brachte der Zimmerchef die Lage unter Kontrolle. Ab jetzt lohnte es sich wieder, zu leben! Die Gebete, die ich jeden Abend sagte, zeigten Wirkung. Von diesem Tag an blieb ich ein überzeugter gläubiger Katholik. Der Dezember kam und damit auch die Weihnachten. Es waren die glücklichsten die ich erlebt hatte. Auch das Neujahrsfest war wunderbar. Die Freiheit war zum Greifen nahe!

Am 2. Januar wurden die ersten Leute zur Entlassung zitiert. Ich gehörte leider nicht dazu. So vergingen auch die nächsten zwei Tage!

„Mensch, was ist da los? Alle gehen und ich bleib hier?" fragte ich mich besorgt. Bald war keiner mehr im Raum. Ich wurde nicht gerufen. Endlich, am 05. Januar morgens, wurde auch mein Name von der Liste verlesen. Ich freute mich unendlich. Alles, was noch da war von

Privatsachen, steckte ich in den Brotzeitsack, verabschiedete mich von denen die noch bleiben mussten, und ging aus dem Zimmer. Am Ende des Flures befand sich ein Lager, wo die Kleidung der Gefangenen aufbewahrt wurde. Ich zog den gestreiften Anzug aus, gab die Arbeitsschuhe ab und tauschte alles gegen die Zivilkleidung. Es war als ob er neu geboren wäre! Mein Magen fühlte sich so an, als würde darin ein Schwarm Schmetterlinge herumflattern. Es war unbeschreiblich, in positivem Sinne! Endlich frei!

Es war zwar fast Abend, aber es spielte keine Rolle mehr. Das Gefängnistor öffnete sich für mich. Nach über vier Monaten die ersten Schritte als freier Mensch! Ich drehte sich noch einmal kurz um. Nachdem das Tor wieder zuging, schaffte ich einen Purzelbaum im Schnee und schrie kurz auf vor Freude. Danach tanzte und sprang ich nur auf einem Fuß, wie ein Kindergartenkind. Ein Paar Passanten schauten mich verdutzt an, aber das war mir jetzt aber scheißegal.

„So schnell wie möglich zum Bahnhof" dachte ich. Mit großen Schritten, fast rennend, näherte ich mich dem Bahnhof. In kurze Zeit war ich dort angekommen und sah auf der Abfahrttafel, dass mein Zug in Richtung Heimat in 10 Minuten abfährt. Ich kaufte mir schnell eine Fahrkarte und stieg ein. Die große Erleichterung kam! Endlich bald nach Hause zu sein! Es war Glück im Unglück! Statt zehn Monate musste ich „nur" vier Monate büßen. Es wurde aber die schlimmsten meines ganzen Lebens.

Der Zug rollte dahin. Obwohl ich die kalte Jahreszeit hasste, diesen Winter liebte ich von ganzem Herzen.

Der Zug erreichte meine Heimatstadt. Ich war gespannt, ob ich auf dem Weg nach Hause Bekannte treffen werde. Zügig passierte ich das Stadtzentrum, aber da war kein bekanntes Gesicht zu sehen. Es war schon dunkel und ich dachte:

„Mir egal. Komm, ab nach Hause."

Nach 15 Minuten Fußmarsch war es so weit. Zuvor wollte ich aber meinen besten Freund Helmuth, der in unmittelbarer Nachbarschaft wohnte, besuchen. Ich klingelte an die Tür. Er kam heraus. Natürlich erkante er mich in der Dunkelheit zuerst nicht.

„Wer ist da?" fragte er.

„Ein armer, glücklicher und freier Bürger" antwortete ich.

„Ach, Daniel du Spinner, du bist es! Komm rein du Held!"

Wir umarmten uns und ich folgte ihm ins Haus. Bei einen Gläschen Schnaps erzählten wir uns was in den letzten vier Monaten passiert war. Natürlich hatte ich viel mehr zu berichten. Nach einer Weile, machte ich mich auf den Heimweg. Langsam näherte ich mich an meinem Zuhause. Das Herz klopfte wie verrückt. Ich öffnete das Tor, ging in den Hof und betrat das Haus. Meine Leute saßen beim Abendessen versammelt. Ich öffnete die Tür und trat ein. Als sie mich sahen, ertönte ein gewaltiger Aufschrei. Sie sprangen alle hoch, liefen auf mich zu, umarmten und drückten mich. Wir waren alle glücklich. Unglaublich aber Wahr: mein Albtraum war zu Ende!

**Kap. 4**

**„Wer auf allen Wegen geht, der verfehlt den Weg nach Hause!"** *(Sprichwort aus dem Senegal)*

Das Leben ist wie eine Achterbahn. Es geht mal rauf, mal runter. Für mich ging es bis dato leider meistens nach unten. Ab jetzt könnte es nur noch besser werden. Das Dumme war nur, dass ich unter besonderer Beobachtung der Polizei stand. Ich war frei, aber auf Bewährung. Im Falle eine Verurteilung, müsste ich zusätzlich den Rest von fast sechs Monaten hinter Gittern verbringen.

Ich nahm mir vor, eine Weile unterzutauchen damit sich die Lage beruhigt. Dann suchte ich Arbeit und fand diese auch schnell. Damals war kein Problem, es war sogar jeder verpflichtet zu arbeiten. Wer nicht arbeiten wollte, wurde schnell zu einer Strafe von bis zu sechs Monaten verurteilt. Im Gefängnis musste er umsonst arbeiten.

In Rumänien gab es offiziell keine Arbeitslosen. Im Endeffekt wurde praktisch „für die Katz" gearbeitet. Die Qualität war mangelhaft und die Installationen veraltet.

Ich bekam eine Arbeitsstelle als Elektriker. Die Abteilung, wo ich zugeteilt wurde, war die schmutzigste und schlechteste in der ganzen Fabrik. Hinzu kam noch, dass der Vorsitzende der Kommunistischen Partei in diese Abteilung, mein Meister war. Also stand ich unter direkter Beobachtung der Behörde. Was konnte ich machen? Mund halten und weiter dienen. Hierzulande sagt man:

„Abwarten und Tee trinken"

Für Doru, meinen Freund, endete die Aktion noch schlimmer. Nach nicht mal zwei Monaten, nachdem wir im

Knast gelandet sind, betrog ihn seine Frau. Davon wusste er natürlich nichts. Seine Mutter berichtete es ihm später. Mit Sicherheit war er gar nicht glücklich darüber. Nach dem Aufenthalt im Gefängnis ging auch seine Fußballkarriere zu Ende, weil keiner einen Heimatverräter in seiner Mannschaft haben wollte. Schade! Und das alles für eine Hure! So ist halt manchmal im Leben.

Eine Rumänische Weißheit sagt dass:

„Eine Frau kann mit dem Hinten viel mehr erreichen als hundert Männer mit dem Kopf", und es stimmt.

Das Verhältnis zwischen mich und Doru wurde kälter. Jeder verfolgte seine eigenen Ziele.

Mein Ziel war und blieb Deutschland. Es verging kein Tag ohne Gedanken an die Flucht!

„Erst sollen die drei Jahre Bewährung vorbei sein. Ich gehe kein Risiko mehr ein. Danach sehen wir weiter, was passiert" war mein Leitsatz.

Mein Traum ging leider nicht so schnell in Erfüllung und die psychischen Folgen waren heftig. Ich träumte öfter dass mich die Grenzsoldaten wieder erwischt haben, kurz bevor ich die serbische Seite erreicht habe und wachte auf patsch nass. Schlimm, sehr schlimm…

Weil ich keine Freundin hatte dachte ich:

„Ich muss jetzt nicht ins Kloster gehen. Ich brauche unbedingt eine Frau. So werden mich auch meine Beobachter in Ruhe lassen. Ich muss sie insoweit täuschen, dass die glauben, ich bereue jetzt alles und möchte eine Familie gründen."

Gesagt, getan. In der Fabrik musste ich in Schichten arbeiten. Unter meine Aufsicht waren die Motoren am

Boden, die Beleuchtung und alle Maschinen die elektrisch angetrieben waren.

In der Luft musste ich die Kräne warten. Es war nicht ungefährlich, eine Sicherung oder einen Motor auszutauschen, wenn unter dem Kran die heißen Metallteile gestapelt waren. Die Aktion fand in sechs Meter Höhe statt!

Nach ein Paar Wochen, an einem späten Nachmittag, wurde ich zu einem Schaden gerufen. Einer der Kräne funktionierte nicht mehr und die Produktion stockte. Bevor ich auf der Leiter stieg, schaute ich nach oben und fragte die Kranführerin:

„Was ist los? Was geht nicht?"

Bei Ihrem Anblick stockte mir der Atem! Diese blonden Haare, dieses schöne, unbekannte Gesicht! Wer ist diese junge Frau? Ich hatte sie bis jetzt noch nicht gesehen.

„Wer ist dieser Engel? Ich muss in die Kabine, um sie mir näher anzuschauen" dachte ich. Die Ursache des Defekts war eine Sicherung, die durchgebrannt war(so wie meine Sicherungen auch). Die hatte ich schnell ausgewechselt, (bei mir blieben aber die Sicherungen durchgebrannt). Dann ging ich in die Krankabine.

„Hallo. Möchtest du jetzt bitte eine Probe machen, ob alles in Ordnung ist? Ich bleibe noch eine Weile hier, um das Geschehen zu beobachten. Bist du neu hier? Ich habe dich bis jetzt noch nicht gesehen" sagte ich.

„Ich heiße Maria. Ja, du hast Recht. Ich bin aber nicht neu hier, sondern habe die Schicht getauscht."

Danach machte sie eine Probe.

„Alles klar. Der Kran funktioniert jetzt wieder. Weil du ihn so schnell repariert hast, trinkst du jetzt einen Kaffe mit mir?"

„Na klar, gerne. Übrigens ich bin der Daniel."

„Ok Daniel, dann trinken wir ein Kaffe."

So kamen wir ins Gespräch. Sie war zwei Jahre junger als ich. Ich erzählte ihr meine Geschichte, mit der schief gegangenen Unternehmung in Richtung Grenze. Schnell verging eine Stunde. Dann wurde ich auf einmal aufmerksam. Mein Arbeitskollege, der unten stand, gestikulierte wie wild. Marius machte Zeichen, ich sollte nach unten kommen, weil ich dort gebraucht wurde. Begeistert war ich nicht, aber Pflicht ist Pflicht. Ich Verabschiedete mich von Maria und ging. Wir trafen uns noch ein paar Mal bei der Arbeit. Die verbrachte Zeit in der Krankabine wurde immer länger.

Zwischen uns entwickelte sich eine Freundschaft. Für mich wurde es mehr als Freundschaft. Aber ich traute mich noch nicht, etwas zu unternehmen. Maria war geschieden und ihre letzte Beziehung hatte sie gerade erst hinter sich. Das wusste ich und war deshalb zurückhaltend. Heute so, morgen so. Es kam Ostern und der Monat April ging langsam zu Ende. Die Natur war erneut in voller Pracht zu sehen. Überall frohe Farben, alle Bäume grünten wieder und alles fing an zu blühen. Die Blumen dufteten nach Liebe. Und so wie die Natur sich entfaltete, so war auch meine Stimmung. Mein Herz klopfte sofort schneller bei den Gedanken an Maria. In meinem Bauch flatterten tausende Schmetterlinge. Ich habe mich in Maria verliebt! Zeigte es ihr aber nicht, noch nicht.

„Wie soll ich es ihr sagen? Eigentlich muss ich den ersten Schritt machen. Aber wie?" dachte ich. Und dann kam mir die Idee:

Jede Frau mag Blumen, egal wann oder von wem! Es war Ende April. In meinem Garten wuchsen Maiglöckchen. Obwohl sie giftig sind, riechen sie wunderbar.

„Das ist es. Ich werde ihr einen kleinen Strauß Maiglöckchen schenken. Mal sehen, wie sie reagiert. Es kann doch nichts Schlimmes passieren!"

Gesagt, getan. Am nächsten Tag nahm ich einen kleinen Strauß mit zur Arbeit und kletterte gleich zu Maria auf den Kran. So aufgeregt war ich noch nie. Mit zitternder Stimme sagte zu ihr:

„Mari, wir kennen uns jetzt schon eine Weile. Mit Sicherheit hast auch du bemerkt, dass in der Luft ein besonderer Duft liegt. Schau, ich habe dir eine Kleinigkeit mitgebracht. Damit weißt du bestimmt, was ich meine. Ich möchte mehr als nur Freundschaft mit dir, aber lass dir Zeit."

„Ach, Dani, du bist ein Schatz. Schon lange habe ich keine Blumen mehr bekommen!"

Spontan umarmte sie mich und küsste mich auf den Mund. Gott war ich außer mir! Jetzt war für mich alles klar. Sie wartete auf meine Initiative. Die Arbeitskollegen fingen an, sich lustig über mich zu machen und nahmen mich in die Zange. Immer in der Brotzeitpause ging es los. Es kam jeder an der Reihe, aber keiner war wirklich böse. Zweideutige Bemerkungen in Verbindung mit mir und Mari waren an der Tagesordnung, aber mir war das egal.

„Die sollen meckern so lange sie wollen. Ich gehe mein Weg. Das Wasser fließt, die Steine bleiben" dachte ich. Ich war verliebt und das war das Wichtigste. Es war eine schöne Zeit! Endlich eine Frau. Aber auch eine Ablenkung nach all den Strapazen des letzten Jahres. Die Gedanken über die schlechte Zeit, die ich durchgemacht hatte, wurden immer weniger.

Ab und zu hatte ich noch Albträume. Ich träumte, dass sie mich wieder gefangen haben, kurz vor der Grenze und wachte patschnass auf. Erleichtert stellte ich danach fest: „Ach Gott, ich bin zu Hause im Bett. Gott sei Dank!"

Nach so einem bedrückenden Traum war ich den ganzen Tag durcheinander. So ein Gefühl kennt jeder. Man muss nicht unbedingt solche schlimmen Erlebnisse gehabt haben wie ich. Seitdem ich mit Mari zusammen war, änderte sich meine psychische Stimmung langsam in positiv. Die Romanze dauerte leider nicht lange. Nach etwa 3 Monaten war Schluss. Ich machte Schluss, weil Maria immer mich mehr auf eine Heirat drängte. Das wollte ich noch nicht. Ich war nicht mal 24 Jahre alt und hatte mein Traum noch vor mich. An meinem Entschluss, das Land zu verlassen, hielt ich immer noch fest. Maria aber hatte kein Interesse für den Westen gezeigt, so dass für mich, die Lage klar war.

Warten auf günstige Zeiten. Diesmal sollte die Flucht gut geplant und durchgezogen werden. Noch einmal eine Katastrophe wollte ich nicht mehr erleben.

Die Fabrik war in den 80ern Jahre noch auf dem Stand der 60er Jahre. Veraltete russische Technologie. Hauptsache die Produktion läuft, egal ob es gut war oder Schrott. Der Plan soll erfüllt werden.

Eines Tages in der zweiten Schicht passierte ein Unglück. Die Abteilung, wo ich arbeitete, befand sich in

Generalreparatur. Kaputte Rollen und Motoren mussten ausgetauscht werden. Die Kräne und auch die zwei großen elektrischen Sägen wurden gewartet. Meine Mannschaft war für die Stromversorgung verantwortlich. Nachdem die Reparatur beendet war, sollte der Strom wieder eingeschaltet werden.

Nach mehreren Fehlversuchen, den Stromschalter zu betätigen, versuchte es mein Chef mit ein wenig Gewalt. Alle waren rund um das Gerät versammelt und plötzlich passierte es! Ein ohrenbetäubender Knall und eine große Flamme stießen aus dem Schalter. Wir alle fünf wurden nach hinten geworfen. Ich konnte nichts mehr sehen und fing an zu schreien:

„Oh Gott, meine Augen! Ich kann nichts mehr sehen! Leute, ich bin blind!"

Die Flamme hatte mich, den Chef und noch ein Kollege getroffen. Alle jammerten vor Schmerzen. Eine Frau und ein Mann hatten Glück. Sie sind nur hingefallen, aber ohne Folgen. Der Flamme am nächsten war der Chef. Er jammerte auch, dass er auch nichts mehr sehen kann. Seine Hände waren schwer verbrannt. Der andere Kollege trug ein T-Shirt mit kurzen Ärmeln. Ihm hatte es den Arm bis zum Ellbogen erwischt. Ich erlitt Verbrennungen im Gesicht und an der oberseite der rechten Hand. Nach zwei Minuten konnte ich langsam wieder etwas sehen.

„Oh Gott, ich kann wieder sehen, aber die Hand fängt richtig an zu schmerzen" sagte ich.

Wir standen alle unter Schock. Statt unsere Hände ins kalte Wasser zu tauchen, tauchten wir sie in Öl. Es war klar, dass wir ins Krankenhaus gehen mussten, so schnell wie möglich! Das Krankenhaus war etwa einen Kilometer weit entfernt. Bis dorthin sind wir gelaufen. Wie in einem Krimi. Es war auch irgendwie komisch, wie wir mit den Händen in der Luft fuchtelnd gelaufen sind. Aber es war gar nicht zum Lachen! Den Chef, hatte es böse erwischt! Die komplette Oberseite seiner beiden Hände war schwarz. Endlich erreichten wir das Krankenhaus. Das Personal erwartete uns schon weil jemand dort angerufen hat. Eine Krankenschwester zog dem Chef in wahrstem Sinne des Wortes, die Haut ab. Es ging runter wie bei den gegrillten Hähnchen und das tat ihm natürlich schrecklich weh. Er bekam eine Morphium-Spritze gegen die Schmerzen. Die Verbrennungen waren dritten und vierten Grades, bis auf den Knochen.

Die Flamme hatte mein Gesicht zum Glück nur oberflächlich erwischt. Meine rechte Hand aber hatte Verbrennungen zweiten und dritten Grades. Eigentlich hatte ich Glück im Unglück. Ich hätte erblinden oder durch den unkontrollierten Sturz mit dem Kopf auf die verschiedenen Gegenstände fallen und sterben können. Trotzdem war das ein gravierender, ein kollektiver Unfall.

Über Nacht blieb ich unter Beobachtung in Krankenhaus. Die Hand  fing an stark zu schmerzen. Ich bekam eine Beruhigungsspritze und so wurde der Schmerz vorübergehend gelindert. Das war aber keine Dauerlösung. Am nächsten Tag wurde die Bandage gewechselt und ich konnte nach Hause gehen. Jeden Tag musste der Verband gewechselt werden. Es war die reinste Tortur. Als Unfall wurde nur der Chef angemeldet. Über mich und Kollege wurde verschwiegen. Der Lohn bekam ich weiter normal bezahlt, obwohl ich Zuhause blieb. Geld hin, Geld her. Die Schmerzen waren manchmal unerträglich, und kamen meist nachts. Die Oberfläche meiner rechter Hand war geschwollen. Es bildete sich eine immense Blase. Ich schluckte unzählige schmerzlindernde Mittel, um alles durchzuhalten. Nach drei Monate begann endlich die Hand zu heilen.

Im nächsten Jahr verschlechterte sich ständig die materielle Situation im Lande. In den Läden gab's fast keine Lebensmittel mehr zu kaufen. Alles war rationiert. In Fernsehen konnte man nur rumänische Filme und interne Politik sehen, schwarz-weiß und alles auf drei Stunden täglich limitiert. Der Stromversorger spielte mit uns. Mehrmals am Tag wurde der Strom zu den verschiedensten Uhrzeiten abgeschaltet. Plötzlich war der Strom einfach weg! Die Menschen konnten gar nichts dagegen machen. Die Petroleumlampe war ständig bereit. Wie in den „guten alten" Zeiten vor 50, 60 Jahren. Es sollte gespart werden, weil das Land überschuldet war! Als ob die kleinen Bürger verantwortlich für die Schulden waren und nicht die Regierung! Für die jedoch war Sparen kein Thema. Sie hatten eigene Kaufhäuser und konnten ins Ausland reisen. So sah die Gerechtigkeit damals aus! Wie sollen die Jugend und überhaupt die Menschen zufrieden sein? Zu diesen Unzufriedenen gehörte auch ich. Nachdem die materielle Lage sich immer mehr verschlechterte, kam ein Dekret, das das Leben der Menschen noch schwerer machte. Jede Abteilung in der Fabrik hatte einen Plan zu erfüllen. Es war ein theoretischer Plan, der mit der Wirklichkeit wenig zu tun hatte. Wenn die Abteilung den Plan nicht erfüllte, gab es weniger Geld. Die Abteilung, in der ich arbeitete, war eine, die ständig unter Plan produzierte. Es war auch klar, warum. Die Produktion stagnierte viel zu oft, weil die veralteten Installationen ständig kaputt waren. Ohne Ersatzteile wie soll es vorangehen? Es wurde alles nur oberflächlich repariert, so dass es bis Schichtende hielt. Was nachher kam, war den Arbeitern egal.

Es war auch viel Ausschuss dabei. Die Dimensionen stimmten nicht oder die Komposition der Materialien war nicht die richtige. Keiner brauchte den Schrott. Alles wurde wieder in den Öfen geschmolzen und neu gemacht. Niemand wurde zur Verantwortung gezogen, deshalb fühlte sich auch keiner zuständig. Und so drehte sich alles in Kreis. Die Spirale ging immer weiter nach unten.

Ich war wegen meiner Vergangenheit in eine niedrige Lohnkategorie eingestuft worden. Jetzt ging der Lohn noch mal nach unten. Meine Abteilung schaffte nicht mehr als 80% des Planes und so bekam auch ich nur 80% des Einkommens. Zufrieden war ich sowieso nicht, aber jetzt reichte mir das Wasser bis zum Hals. Da fing ich mir Gedanken darüber zu mache.

„Ich hau ab und suche mir wo anders Arbeit. Am Schluss werde ich umsonst 48 Stunden in der Woche arbeiten.“

Das Schicksal meinte es gut mit mir. Ich hörte, dass in Temeschburg, Elektriker gesucht werden und der Lohn doppelt so hoch ist wie in der Fabrik.

„Also, was soll ich noch erwarten? Ich werde mir nicht umsonst die Knochen brechen. Außerdem ist die Stadt viel näher an die Grenze. Wer weiß, vielleicht ergibt sich eine Möglichkeit und dann hau ich ab. Mal sehen, wie ich in der Fremde zurechtkomme" kreiste mich der Gedanke. Gesagt, getan. Ich nahm mir einen Tag frei, stieg in den Zug und fuhr nach Temeschburg, um bei der Firma vorzusprechen.

In Zug traf ich einen Bekannten, der schon seit einem halben Jahr hier arbeitete. So konnte ich wichtige Informationen bekommen. Beim Vorstellungsgespräch verlief alles positiv. In einer Woche soll ich anfangen. Es war einer Baustelle, aber das spielte keine Rolle. Hauptsache etwas Neues und ein gut bezahlter Job.

Der Frühling war in Anmarsch. Die Natur erwachte zum neuen Leben. So blühte auch mein Leben auf. Neue Gefühle, andere Gesichter. Nach der schlimmen Zeit mit dem Unfall, den ich vor kurzem überstanden habe, war das eine gute Abwechselung. Die Hand erholte sich einigermaßen, die Narbe war leider sichtbar. Ich blieb gezeichnet fürs ganze Leben! Hauptsache es tat nicht mehr weh. Zum Glück fand ich eine vorläufige Unterkunft bei einem Cousin. Er wohnte alleine in einer Dreizimmerwohnung in der Stadt. Von Anfang an klappte alles wie am Schnürchen. Mit der Arbeit kam ich gut zurecht. Ich traf mehrere Jungs, die ich kannte. Mit ihnen verbrachte ich die Wochenenden. Für mich war die Welt wieder in Ordnung. Mein Leben war schon immer eine Achterbahn. Wie könnte es jetzt anders sein? Meistens hatte ich Glück. So auch diesmal, ein Engel beschützte mich noch einmal. Eines Abends, am Wochenende, ging ich mit einem Kumpel Bier trinken. Draußen regnete es stark, so dass wir in eine Kneipe gehen mussten. Erstes Bier, alles prima, dann kam das zweite und dann auf einmal zack, der Strom war weg! Nichts Neues. Aber in der Kneipe, ohne Licht zu essen oder zu trinken, ist nicht so angenehm. Die Bedienung war nicht darauf vorbereitet. Sie hatten zwar Feuerzeuge, aber was kann so ein kleines Licht für eine Wirkung in einem so großen Raum haben?

Fast keine. Plötzlich fingen leeren Bierkrüge an, herumzufliegen!

Nicht weit von dem Tisch, an dem wir saßen, war einen Tisch, an dem mehrere Jungs schon besoffen waren. Und weil kein Strom da war, fanden sie es lustig, mit leeren Bierkrügen herum zu schmeißen. Einer verfehlte ganz knapp den Kopf von meinem Kumpel Johann. Ein anderer landete auf einem Nebentisch. Andere Bierkrüge flogen auf dem Boden in der Nähe meines rechten Fußes. Da war die Hölle los! Die Bedienungen liefen wie erschrockene Hühner und fingen an zu schreien. Wir blieben cool und verließen das Lokal, ohne zu zahlen. Glück im Unglück! Bestimmt kein Vergnügen, so einen Bierkrug an den Kopf zu bekommen. Und dafür auch noch bezahlen? Mein Kumpel hatte einen kleinen Kratzer am Fuß von den Splittern eines am Boden zerschellten Bierkrugs. So kann einem der Appetit aufs Biertrinken schnell vergehen!

Die Arbeit auf der Baustelle war doch kein Zuckerlecken. Zwölf Stunden am Tag hinterlassen Spuren. Im Sommer ging's noch, dann aber kam langsam der Herbst und die Tage wurden immer unangenehmer. Früh pfiff der Wind nur so durch die Gebäude ohne Fenster. Es wurde kalt und nass. Das Geld kompensierte alles noch einigermaßen, aber im Winter wurde wegen der Kälte weniger gearbeitet. In den Fingern hatte ich manchmal kein Gefühl mehr und meine verbrannte Hand tat weh. Die Blutzirkulation war nicht die beste nach diesem schlimmen Unfall. Weniger Arbeit hieß im Klartext weniger Geld. Es war auch nicht mehr viel Geld zu verdienen, weil die Arbeit auf der Baustelle langsam zu Ende ging. Dann habe ich mich entschieden wieder nach Hause zurückzukehren. Aber ich war zufrieden. Ein ganzes Jahr ordentlich über die Runden gekommen und gute Erfahrungen für die Zukunft gemacht, die ungewisse Zukunft. Leider mit der Flucht blieb alles beim Alten. Ich fand keine Gelegenheit es durchzuziehen.

# Kap. 5

## *„Träumen heißt: hinter den Horizont blicken"*
*(Sprichwort aus Ghana)*

Schon seit sich der Mensch auf diesem Planeten als intelligentes Wesen entwickelt hat, gab es Situationen, wo er sich aus seiner Gefangenschaft befreien wollte. Siehe die Diener und Sklaven, die schon vor über 5000 Jahren in China, dann in Ägypten oder im Römischen Imperium zu leiden hatten. Sie hatten nie aufgehört zu träumen. Auch damals hatten viele mit ihrem Leben bezahlt und die Freiheit blieb ein unerfüllter Traum. Mein Freiheitsdrang war ungebrochen. Jetzt noch mehr, nach meinem gescheiterten Versuch, das Land zu verlassen. Der Spott, den ich ertragen musste, ob bei der Arbeit oder im Bekanntenkreis, war schlimm. Eingestuft von Bekannten als Versager oder von den Behörden als Heimatverräter bekam ich von allen Seiten nur Tiefschläge. Ich lernte aber langsam damit umzugehen:
„Ihr könnt mich mal. Wer zuletzt lacht, der lacht am besten. Ich ziehe mir die dicke Haut über die Ohren und ihr könnt weiter bellen. Meine Zeit wird schon bald kommen!" habe ich mir geschworen.
Dieser ganze Wirbel um meine Person stärkte weiter meinen Willen. Es war aber nicht so leicht jemandem zu finden, mit dem ich über meine Gedanken oder Träume sprechen konnte. Eine Vertrauensperson zu finden war wie ein Sechser im Lotto. Sogar Verwandte verpetzten sich gegenseitig bei der Geheimdienst(Securitate), nur um ein wenig besser zu leben. Obwohl viele an Flucht dachten,

sprachen die wenigsten ein Wort darüber, aus Angst von Repressalien. Die Securitate konnte einen beim kleinsten Verdacht  sofort zur Befragung vorladen. Ich wusste das alles und war sehr vorsichtig bei allem, was ich sagte oder machte. Nach diesem Jahr in der „Fremde", kehrte ich in meinen Heimatort zurück. Und wo konnte ich Arbeit finden? Erraten: in dieser berühmten Metallfabrik, die ich so hasste! War nichts anderes zu finden. Wieder als Elektriker und wieder wo ich schon gearbeitet hatte, bevor ich im Gefängnis gelandet war. Die Abteilung hieß „Elektrische Werkstatt".

Dort kamen die kaputten Motoren oder Elektro- Magneten zum Reparieren hin. Das Personal kannte ich schon lange, genauso den Meister. Die Arbeit war nicht leicht, es war akzeptabel.

Privat war ich nicht zufrieden. Nach dem Ende mit Maria, das bei mir tiefe Spuren der Enttäuschung hinterlassen hatte, entschied ich mich für mehr Vorsicht. Und dann kam mir eine Idee:

„Wie wäre es, wenn ich mir eine Frau suche, die einen deutschen Namen hat und die genau so wie ich, dieses Land verlassen möchte?"

Theoretisch war alles möglich, aber in der Praxis war es ganz schwierig. Die Frauen mit deutschen Wurzeln standen nicht auf dem Straßenrand und warteten nur so auf mich. Die meisten waren entweder vergeben oder schon in Deutschland. Viel Auswahl in diesem kleinen Ort gab es nicht. Ich hatte mit Frauen bisher keine guten Erfahrungen gemacht. Jetzt wollte ich sogar eine heiraten, die mir vielleicht nicht gefällt, nur um nach Deutschland zu gehen! Alles blieb offen. Mit den Frauen, das war schon eine heikle Sache, aber es änderte sich, als ich Melli kennen lernte. Sie war zwar nicht die Schönste, aber ich dachte nicht mehr an Schönheit, sondern praktisch ans Auswandern. Sie hatte einen deutschen Namen und wäre auch gerne nach Deutschland ausgewandert, aber nur mit ihrer Familie. Die Anträge waren schon seit fast 2 Jahren eingereicht. Es kam aber keine Antwort von den Behörden. Das war ganz normal. Die meisten Antragsteller warteten bis zu drei oder vier Jahren, ehe sie die Ausreisepapiere bekamen.

Wer Verwandte in Deutschland hatte, die dazu bereit waren Geld auszugeben und die Verwandtschaft zu „kaufen", die waren schnell weg. Die anderen warteten länger auf ihr Glück.

Ich dachte:

„Wenn aus Melli und mir etwas wird ist es gut, wenn nicht - auch gut."

Jetzt hatte ich eine Freundin mit Perspektive auf Heirat und Auswandern. Unerwartet kam eine günstige Gelegenheit, meine Freizeit in musikalischem Bereich zu gestalten. Es sollte eine neue Disco in der Stadt eröffnet werden. Ein ehemaliger Schulkollege von mir sprach mich an, ob ich nicht als DJ mitmachen will.

Ich nahm das Angebot sofort an. Es war einer meine Träume, für Unterhaltung der Menschen zu sorgen. Die drei Jahre Bewährung waren vorbei. Ich hatte jetzt nicht mehr so viele Sorgen, doch Vorsicht war geboten. So fing meine musikalische Karriere an. Sie dauerte ein paar Jahre und endete im Mai 1989.

Die Jahre vergingen wie im Rausch und zu Erfüllung meines Traumes ergab sich nicht konkretes. Es war schon

Herbst 1988. Eines Abends kam Marius, mein ehemaliger Arbeitskollege in die Disco. Er war ein wenig „müde" und roch nach Alkohol. Marius arbeitete noch immer in der Abteilung, wo ich den schrecklichen Unfall erlebt hatte. Nach einer Weile kam er auf die Bühne zu mir und bat mich um ein Gespräch. In diesem Trubel verstand ich nicht richtig, was er mir sagen wollte. Eine Frage verstand ich aber deutlich:

„Möchtest du noch nach Deutschland flüchten?"

Ich sagte ihm höflich, dass ich später wieder auf ihn zukommen würde. Jetzt sei aber hier zu viel los. Wir bräuchten einen ruhigeren Platz, wo wir ungestört sprechen können.

„Pass auf, Marius. Welche Schicht hast du? Ich werde dich in der Stadt in der Cafeteria aufsuchen. Dann gehen wir zu dir nach Hause. Du weißt, über solche Sachen in der Öffentlichkeit zu sprechen, ist lebensgefährlich. Ich melde mich bei dir, okay?"

„Na gut Dani, aber verliere nicht so viel Zeit, sonst wirst du es bereuen."

„Ich komm auf dich zu, Marius. Du siehst, was hier los ist. Da kann man nicht reden."

Dann ging Marius, ein wenig wacklig auf den Beinen durch die Menge der Disco-Besucher.

„Was für eine Frage stellt der? Was will er im Endeffekt wissen? Ist er Informant bei der Securitate? Oder ist er vielleicht so betrunken, dass er nicht mehr weiß was er sagt? Was soll ich bereuen? Na ja, der ist ein wenig betrunken. Vielleicht spinnt er. Schauen wir mal", dachte ich. Ich versuchte, nicht mehr an das Gespräch an diesem Abend zu denken, aber ich konnte es nicht vergessen. War es ein seriöses Angebot zu flüchten, oder war es die Spinnerei eines Betrunkenen? Wollte Marius sich wichtig machen? Oder ist der Geheimdienst auf meinen Spuren und schickte Marius zum Spionieren?

Es waren Fragen, die mir keiner beantworten konnte. Die Sache blieb offen. Das Leben ging weiter ohne Zwischenfälle.

Eines Tages ging ich in die Stadt und sah Marius. Ich wich ihm aus und wollte nicht mit ihm sprechen.

„Vielleicht erinnert er sich gar nicht mehr an unser Gespräch" und ging auf die andere Straßenseite. Das Problem war, dass Marius öfter in den Kneipen unterwegs war. Das gefiel mir nicht. So vergingen drei Wochen. Es kam keine Einladung von den Behörden, ich wurde nicht verfolgt, die Lage war ruhig. Und dann traf ich Marius doch in der Stadt, wenn auch ungewollt. Er kam auf mich zu und ich konnte nicht mehr ausweichen.

„He Kumpel, wie geht's? Du hast mich nicht mehr besucht. Hast du über meine Frage nachgedacht?"

„Hoppla! Er hat es nicht vergessen. So betrunken war er also gar nicht" dachte ich.

„Ach, weißt du, ich hatte viel zu tun zu Hause und war auch eine Woche krank. Hatte keine Zeit dich zu besuchen."

„Ok, aber jetzt hast du Zeit, oder? Komm, wir gehen zu mir. Dort können wir ungestört sprechen" sagte Marius.

„Na gut, gehen wir."

Irgendwie war es mir aber mulmig. Was passiert, wenn wir mitten im Gespräch Besuch von der Polizei bekommen? Oder die warten schon auf uns? Damals genügte eine falsche Aussage von zwei Zeugen, dass du die Flucht planst, und sie konnten dich schnell einlochen.

Dann aber dachte ich:

„Ich kenne ihn doch. Warum soll er mir das antun? Wir haben uns immer gut verstanden. Es wird schon nichts passieren."

Unterwegs zur Wohnung von Marius, sprachen wir über alten Zeiten, Smalltalk. Seine Wohnung, besser gesagt sein Zimmer befand sich in einem Mehrfamilien Wohnblock. Es waren marode Betonblocks, für die Fabrikarbeiter, in den sechziger Jahren gebaut. Das Zimmer war höchsten 15 m² inklusive Bad und Flur. Die Wohnung eines Singles, aber relativ sauber. Klein aber fein. Doch jetzt war keine Zeit für Träume, sondern es ging um Zukunftsgestaltung.

„Also war es dir damals ernst mit der Frage, ob ich noch abhauen will?"

„Ja natürlich! Auch wenn ich ein wenig betrunken war, kann ich mich noch ganz gut an alles erinnern. Was dachtest du, dass es Spinnerei von einem Besoffenen sei? Nein, mein Freund! Ich habe es ernst gemeint."

„Weißt du, Marius, wir kennen uns schon eine Weile. Wir sind keine unzertrennlichen Freunde geworden, aber wir haben uns immer gut verstanden. Seitdem ich von der Abteilung weggegangen bin, haben wir uns nur noch selten getroffen. Nicht dass ich kein Vertrauen in dich habe, aber ich war total überrascht von dieser Frage. Wir haben ein paar Jahre zusammen gearbeitet, aber du hast niemals über dieses Thema mit mir gesprochen. Und jetzt auf einmal! Das kam für mich so plötzlich. Deswegen war ich ein wenig skeptisch und habe mich gefragt, ob ich dir

trauen kann. Du weißt, dass ich mich schon einmal verbrannt habe. Nicht nur bei dem Unfall in der Fabrik, sondern auch mit dem gescheiterten Versuch, über die Grenze
zu flüchten. Heutzutage ist es verdammt schwer, noch in
jemanden Vertrauen zu haben. Überall lauern die
Informanten!"
„Ich weiß, Dani, ich weiß. Meinst du, dass es mir hier gefällt? Nein, es gefällt mir nicht, aber mich zieht der Westen
nicht an. Ich bin nicht verheiratet und es geht mir gar
nicht so schlecht. Wenn ich gehen wollte, hätte ich es
schon lange machen können und es hätte auch 100 %
geklappt. Warum bin ich so sicher? Weil ich in einem Dorf
5 Kilometer von der Donau entfernt geboren bin und bis zu
meinem 14 Lebensjahr dort gelebt habe. Ich kenne die
Umgebung und kann jederzeit dort hingehen. Meine Mutter
und mein Bruder leben noch dort. Du weißt, dass es am
wichtigsten ist, zu dem Ort zu kommen, von wo aus du die
Flucht planst. Aber bis du dorthin kommst, musst du die
Kontrollen, die schon dreißig Kilometer vor der Grenze
beginnen, passieren. Ich kann das ohne Probleme
jederzeit, weil ich da Verwandte habe."
„Ach soo! Und davon hast du mir die ganze Zeit nichts
gesagt! Mensch, hätte ich das gewusst, hätte ich dich mit
Sicherheit angesprochen."
„Na ja, es war schon ein wenig problematisch, weil die
Polizei wusste, dass ich aus dieser Gegend komme und wir
arbeiteten damals ja in der gleichen Schicht. Du hattest
einen Fehlversuch hinter dir. Diese Kombination, uns zwei
betreffend, war schon ein wenig heikel. Du weißt auch,
dass die Securitate überall ihre Informanten hat. Woher
konnte ich wissen, dass du, nachdem was alles passiert

war, vielleicht nicht mit denen kooperierst, damit sie dich in Ruhe lassen. Mann kann keinem trauen heutzutage, oder?"

„Da hast du vollkommen Recht! Mein Gott, bin ich erleichtert! Und du fragst mich, ob ich flüchten will? Ich träume seit sechs Jahre, Tag und Nacht davon Mensch! Ab und zu habe ich sogar Albträume. Ich träume davon dass die mich gefangen haben und ich sitze wieder im Gefängnis. Du willst mir also wirklich helfen? Das glaube ich nicht! So lange Zeit habe ich verloren und wusste nicht, dass mein Glück so nah liegt! Komm, lass dich drücken. Danke mein Freund, du hast mich wieder belebt!"

Wir umarmten uns wie Brüder.

„Ach, lass es, ich habe doch noch nichts für dich getan" sagte Marius.

„Da irrst du dich. Es ist genau das, was ich verzweifelt schon so lange suche! Fang schon an zu erzählen, ich habe keine Geduld mehr. Zuvor aber gib mir etwas zu trinken."

„Trinkst du einen Kaffee, weil ich jetzt keinen Alkohol habe? Ich habe aber nur Jakobskaffee."

„Nur Jakobs! Als ob du sagtest: nur Leitungswasser. Woher hast du den Mensch?"

„Na ja, du vergisst, dass ich in der Nähe der Donau Verwandte habe. Die haben einen Pass bekommen, mit dem sie ab und zu nach Jugoslawien gehen und von dort Köstlichkeiten mitbringen. Also mit Jakobskaffee bist zufrieden, oder?"

„Du Spinner! So was habe ich seit Jahren nicht mehr getrunken. Mach gleich eine große Kanne. Wer weiß, wie lange es noch dauern wird, bis ich mir jeden Tag eine Kanne mit einem solch guten Kaffee leisten kann!"

„Ach, denk nicht so pessimistisch, Dani. Es kann bald so weit sein. Wir brauchen aber noch zwei Leute, die mitmachen. Du kannst dir vorstellen, dass ich das Risiko ohne eine Gegenleistung nicht auf mich nehmen würde. Setz dich hier an den Tisch. Ich zeige dir auf der Karte mein Dorf und die Stelle, wo das ganze über die Bühne gehen soll. Ich habe es schon zwei Mal gemacht. Erinnerst du dich an die Gebrüder Müller und Weber? Denen habe ich auch geholfen abzuhauen!"

„Wahnsinn. Natürlich habe ich davon gehört. Ich habe mich auch gewundert, wie die Sache so schnell und reibungslos abgelaufen ist. Also, dass warst du! Du Gauner! Dann kann ich mich ja offen mit dir unterhalten. Was meintest du mit Gegenleistung? Sprich Klartext und sag mir, was du dafür verlangst."

„Es ist nicht viel. 20.000 Lei will ich, pro Kopf".

Ich wurde blass und stumm. Ich dachte nach:

„Es ist verdammt viel Geld. Zwanzigtausend! Woher soll ich das Geld nehmen? Es sind 12 Monatslöhne. Immer nur dieses Scheiß Geld. Geld, Geld, Geld! Alles dreht sich nur um Geld. Es ist vorbei! So viel kann ich nicht zusammenbringen und keiner gibt mir diese Summe ohne Sicherheiten. Wegen dieses Geldes platzt wieder mein Traum. Leider kann man nichts machen. Ich muss noch warten und auf eigene Faust es versuchen."

Ich war über ein Jahr auf der Baustelle in Temeschburg. Dort erfuhr ich, dass es eine organisierte Schlepperbande gibt, die führten die Leute mit fast hundertprozentiger Erfolgsquote über die Grenze. Aber die verlangten mehr als das Doppelte wie Marius, nämlich fünfzigtausend Lei.

Eine Summe, die nicht jeder zu Verfügung hatte, auf gar keinen Fall ich.

„Nee, also kein Chance. Jetzt scheitert alles am Geld. Woher soll ich so viel zusammenbekommen in kurzer Zeit? Ich warte schon seit über sechs Jahren auf diese eine Gelegenheit. Jetzt ist alles umsonst" dachte ich.

Ich war so tief in meine Gedanken versunken, dass ich Marius gar nicht mehr zuhörte. Der kam, bot mir den frisch gekochten Kaffee an, schaute mich an und rüttelte mich.

„He, wach auf! Was ist los mit dir? Du hörst mir gar nicht zu? Ist dir schlecht? Du siehst so blass aus. Es ist schon zu viel Rauch im Zimmer. Ich mach das Fenster auf."

„Nee. Es ist nicht der Qualm, Marius. Bei dieser Nachricht wurde mir schlecht!"

„Welcher, Dani?"

„Na welcher, welcher! Die mit dem Geld! Woher soll ich so viel Geld zusammenkratzen? Meine Eltern haben nichts zu Seite und ich will auch nichts von denen verlangen. Ich selbst habe überhaupt keines."

„Hallo Junge! Habe ich zu dir gesagt, dass ich von dir Geld will?"

„Nicht direkt."

„Dann sage ich dir jetzt klar: ich will kein Geld von dir. Du sollst noch zwei Leute finden, die bezahlen. Dafür gehst du umsonst! Ich kann mich doch nicht auf die Strasse stellen und fragen:

Wer will über die Grenze flüchten? Es kostet nur 20.000 und es wird 100% erfolgreich, Leute. Du zahlst nicht! Nur die anderen zwei. Verstanden?"

„Ach so! Jetzt bin ich hundert Kilo leichter. Ich war fix und fertig! Woher soll ich so viel Geld bekommen? Jetzt bin ich so nahe daran, mir meinen Traum zu erfüllen und wegen dieser 20.000 geht alles am Bach runter. Also wenn ich es richtig verstanden habe, soll ich noch zwei weitere Leute suchen, die abhauen wollen? Dafür muss ich aber nichts zahlen?"

„Na endlich hast es begriffen. Aber vergiss nicht die Risiken, mit wem du sprichst und was du sagst. Wenn etwas sein sollte und die Polizei zu mir kommt, bin ich raus. Ich weiß von nichts. Ich kenne dich nicht. Ich will nicht hinter Gittern landen und du wahrscheinlich auch nicht mehr, oder?"

„Das kannst du laut sagen. Mir hat's gereicht. Leider hat sich die Situation im Lande gar nicht geändert, im Vergleich zu damals, sogar noch verschlechtert. Ich will unbedingt abhauen!"

„Na, dann hast du den richtigen Mann getroffen. Ich führe euch ohne Probleme in Richtung Donau und Freiheit. Ich habe es schon zweimal Mal gemacht, so dass es für mich kein Thema ist."

„Okay, dann gehe ich jetzt und mache mich auf die Suche nach zwei anderen Musketieren, die mitkommen möchten. Danke für den Kaffee! Wenn ich etwas Konkretes weiß, komme ich auf dich zu. Du bist der beste, Marius mein Freund!"

„Ja, ja, das weiß ich. Sei vorsichtig und überstürze nichts. Wir haben Zeit. Jetzt im November, ist sowieso kein geeignetes Wetter zum Baden gehen. Also Augen auf und Ohren steif. Bis bald!"

„Bis bald Marius, bis bald!"

Als ich hinaus ging war mir danach, zu springen, tanzen, schreien und was auch immer. Mein Adrenalinspiegel schoss im Laufe von ein paar Minuten auf die maximale Höhe. Schon lange hatte ich mich nicht mehr so intensiv gefreut.

„Endlich wieder ein Licht am Ende des Tunnels. Jetzt muss es klappen, davon bin ich überzeugt" und sprang, immer zwei oder drei Stufen auf einmal nehmend, die Treppe hinunter, wie ein kleiner Junge.

Die Frage war: wo soll ich jetzt zwei Jungs, die flüchten wollten finden? Vorsicht war angesagt.

Ein Jahr vorher war es einem meinen Arbeitskollegen Uwe gelungen, über die Grenze zu flüchten. Ich war damals wie gelähmt über diese Nachricht. Er wusste, dass ich noch im Sinne hatte, illegal zu flüchten. Mir hatte er von seinen Fluchtpläne aber nichts gesagt. Nichts gesagt und abgehauen.

„Die Stummheit ist wie Honig", sagt ein rumänisches Sprichwort.

Bei der Arbeit hatte ich nicht viele, mit denen ich mich über meinen Fluchtplan unterhalten konnte. Einer war der Onkel von Uwe, Willi. In den Diskussionen mit ihm kam aber heraus, dass der nicht die Absicht hatte, das Land zu verlassen, mindestens nicht jetzt und illegal. Willi war schon über 50 Jahre alt und sagte dass er so ein Risiko nicht mehr eingehen will. Er hatte noch ein Paar Jahre zu arbeiten und dann geht er in Rente. So einen Stress brauchte er nicht. Es war klar, dass mit dem nichts zu machen war. Es kamen nur solche Kandidaten in Frage, die nach Deutschland flüchten wollten. Die Chancen, dort auch anzukommen, waren größer als ein Entkommen nach

Kanada, USA oder Australien. In diesen Ländern musste man jemanden haben, der eine Garantie für den Flüchtling anbieten konnte. Ohne die, kam keiner weiter. Die Serben schickten die Leute dann zurück nach Rumänien. Und hier erlebten die Armen genau dasselbe, das was ich bereits hinter mich hatte. Es wartete nämlich das Gefängnis mit offenen Türen auf frisches Fleisch.

„Na dann spitzen wir die Ohren und hören wir uns um: Wer, wie, wo."

Es gab schon noch ein paar Jungs, die mein Interesse weckten. Natürlich solche wie ich, mit deutschem Blut in Adern. Einer davon war aus meiner Mannschaft in der Fabrik. Es war der Fritz. Er hatte in Deutschland Verwandte. Mit dem verstand ich mich relativ gut, aber direkt über dieses Thema sprachen wir nie. In zwei Wochen hatte Fritz Geburtstag. Auf der Arbeit gab er deutschen Kaffee aus. Er kochte und verteilte ihn an die Kollegen. Dazu gab es auch Süßigkeiten aus Deutschland und wir alle waren begeistert. Nach Feierabend wurden alle in die Cafeteria eingeladen. Dort floss auch ein wenig Alkohol. Ich dachte dass jetzt die Gelegenheit gegeben sei, mit Fritz über das Thema Flucht zu sprechen. Ich zog ihn zu Seite und fragte ihn:

„Fritz, du siehst nicht betrunken aus, noch nicht, deswegen möchte ich dir eine Frage stellen. Willst du nach Deutschland flüchten oder nicht?"

„Bist du verrückt, mich hier so etwas zu fragen? Wenn uns jemand hört, sind wir verloren!"

„Wer zum Teufel soll hier was da verstehen? Schau dich um, nur besoffene Penner! Ist doch so oder?"

„Natürlich möchte ich, was denkst du? Aber, können wir uns nicht ein anderes Mal unter anderen Bedingungen unterhalten? Wir sind doch zum Feiern da, stimmt`s?"

„Alles klar. Ich komme auf dich zu. Wir treffen uns sowieso bei der Arbeit."

Dann hob ich das Glas mit Schnaps und gratulierte ihm:

„Zum Geburtstag viel Glück, zum Geburtstag viel Glück."

Alle fingen an zu singen und die Party lief weiter. Ich hatte eine Superlaune. Es war Freitagabend und bis Montag schien die Zeit stehen geblieben zu sein. Ich konnte an nichts anderes mehr denken.

Jetzt verlief alles nach meinem Wunsch. Es fehlte nur noch der dritte Musketier, um die Truppe komplett zu machen. Am Montag vereinbarte ich ein Treffen mit Fritz, um über Details zu sprechen. Fritz kam nach Feierabend zu mir nach Hause.

„So Fritz, jetzt können wir uns in Ruhe unterhalten. Also, auch du möchtest abhauen, richtig?"

„Na klar! Wer will schon weiter in diesem politischen System leben? Ich auf jeden Fall nicht. Meine Verwandten sind alle schon in Westen. Nur meine engste Familie ist noch da. Du hast mich neugierig gemacht. Also, fang schon an zu erzählen, was hast du entdeckt?"

„Ja, es ist so:

Ich habe gleich nach der Befreiung aus dem Gefängnis in der Abteilung LBR fast zwei Jahre gearbeitet. Da hatte ich einen Kollegen, mit dem ich mich gut verstanden habe. Du weißt ja, dass ich auch als DJ tätig bin. Eines Abends vor ein paar Wochen kommt Marius, so heißt er, auf die Bühne zu mir und fragt mich, ob ich noch mal nach Deutschland abhauen möchte. Ich war total perplex. Der roch nach

Alkohol und ich dachte: der ist verrückt oder besoffen! Mich so was zu fragen, vor der ganzen Versammlung! Auf jeden Fall nahm ich ihn nicht ernst und dachte mir, der spinnt. Am nächsten Tag erinnert er sich bestimmt nicht mehr an das, was er mit mir gesprochen hat. Meine Gedanken waren: vielleicht hat ihn der Geheimdienst geschickt, um mich zu prüfen und ich bekomme bald eine Vorladung. Aber es vergingen drei Wochen und alles blieb ruhig. Einer wie ich, ist immer unter intensiver Beobachtung und jeder kann Informant sein. Mann kann nie vorsichtig genug sein. Auf jeden Fall traf ich ihn zufällig in der Cafeteria. Er kam auf mich zu und fragte mich, ob ich mich noch erinnere, was er mich gefragt habe, und ob ich es mir überlegt habe. Da war mir klar, dass er es ernst gemeint hat, obwohl er damals leicht angesäuselt war. Wir gingen zu ihm, einen Kaffee trinken. Er wohnt in der Arbeitersiedlung und hat dort eine kleine Wohnung. Stell dir vor: er servierte mir ein Jakobskaffe. Wir, mit Verwandten in Deutschland, saufen diesen bitteren rumänischen Dreck vom Laden und er trinkt Jakobs! In Gespräch fing er an mir, zu erzählen, um was es geht. Du hast schon von den Gebrüder Müller gehört, oder?"

„Na klar, die sind schon in Deutschland. Vor ein Paar Wochen sind die abgehauen, so weit ich weiß."

„Ja genau. Und weißt du auch, wer ihnen geholfen hat?"

„Sag mir nicht, dass dieser Marius etwas damit zu tun hat!"

„Doch, das sage ich dir! Er hat denen geholfen. Er hat sie bis an die Donau gebracht. Von dort aus haben sie es mit dem Boot weiter bis nach Jugoslawien geschafft. Seine Kindheit hatte Marius nahe der Donau verbracht. Dort leben noch seine Mutter und ein Bruder. Im Klartext: er kann jederzeit dorthin gehen, ohne Schwierigkeiten mit den Grenzsoldaten zu bekommen. Na, was sagst du?"

„Du spinnst. Das ist zu schön, um wahr zu werden!"

„Fritz, wir hauen bald ab! Leider ist aber noch ein Haken an der Geschichte. Er verlangt Geld dafür. Ich meine, das ist auch in Ordnung. Er hat, genau so wie wir, ein großes Risiko und kann hinter Gittern landen, wenn es schief geht."

„Was verlangt er?"

„Er will 20.000 pro Person."

„Na ja, das ist machbar. Es gibt andere, die verlangen viel mehr und man weiß nicht, ob das nicht Betrüger sind, die uns eine Falle stellen. Wir würden dann schnell hinter schwedischen Gardinen landen. Es geht in Ordnung. So viel kann ich zusammenkratzen", sagte Fritz.

„Wunderbar, aber es ist noch eine Sache. Wir müssen noch einen dritten Mann finden, der mitmacht. Marius sagte, es müsste sich auch für ihn lohnen. Weißt du jemanden, der auf der gleichen Wellenlänge mit uns ist, jemandem dem wir vertrauen können"?

„Ich glaube, ich weiß schon jemanden. Ich kann aber noch nicht hundertprozentig sicher sein, bevor ich mit ihm gesprochen habe. Bei der Arbeit werde ich es dir sagen. Wenn er nicht mitmacht, finden wir schon jemand anderen. Es soll doch nicht wegen so einer Kleinigkeit unser Freiheitstraum platzen! Das kriegen wir hin, Dani!"

„Okay, dann stoßen wir auf eine bessere Zukunft und auf unseren Erfolg an, mein Freund. Ich habe ein sehr gutes Gefühl, dass es auch klappen wird. Prosit".

Wir tranken ein Glas Wein. Inzwischen kam mein Vater dazu. Fritz sah mich mit einem Fragezeichen in den Augen an, aber es war alles in Ordnung. Auch mein Vater wusste, was wir im Sinne haben und war damit einverstanden.

„Also Fritz, ich sag Marius, was wir besprochen haben. Du kümmerst dich um den dritten Mann. Ich werde mich auch umhören, wir müssen aber sehr vorsichtig sein."

„Das sowieso. Wir treffen uns bei der Arbeit und tauschen unsere Informationen aus. Ich gehe jetzt. Bis dann."

„Bis dann Fritz."

Fritz ging und ich hüpfte wie ein kleiner Junge vor Freude herum. Dann erzählte ich ganz begeistert meinem Vater die ganze Geschichte. Der Plan war plausibel und glaubhaft. So fing mein Traum an, langsam Realität zu werden. Natürlich waren noch viele Details zu besprechen. Wichtig war aber, dass der Anfang gemacht war. Es musste noch mit dem dritten Mann klappen und dann kann es richtig losgehen. Mein ganzes Leben fing an richtig zu pulsieren. Ich freute mich über jeden Sonnenaufgang, über jeden Tag und fühlte mich wie neu geboren. Ein solches Bad der Gefühle kannte ich bis jetzt noch nicht.

Am Sonntagmorgen kam Fritz zu Besuch und fand mich noch liegend im Bett.

„Hey wach auf du Faulpelz! Schläfst du den ganzen Tag durch, oder was?" sagte Fritz.

„Ach nee. Ich habe nur Pläne für den Ablauf unserer Aktion gemacht. Ich habe dir gar nicht erzählt was ich durch-gemacht habe. Pass auf, ich erzähle es dir jetzt. Es passierte zwei Tage nach unserem Gespräch bei mir zu Hause.

Abends bellten die Hunde auf der Strasse ungewöhnlich laut. Ich ging in den Hof, um nachzuschauen. Vor dem Tor, zwei Polizisten! Eine Schrecksekunde für mich. Ich dachte: „Oh Gott, die kommen mich abholen. Hat mich Marius verpetzt oder was ist jetzt los? Ich habe doch nichts Schlimmes getan. Was wollen die von mir? Verdammt, gerade jetzt, wo alles so gut läuft!"

Mein Puls raste wie verrückt. Ich zitterte und wollte gar nicht zu ihnen gehen, aber ich war im Hof und die Beamten hatten mich schon gesehen. Ich versuchte, meine zitternde Stimme in den Griff zu bekommen. Es war gar nicht so leicht, keine Reaktion zu zeigen, aber ich beherrschte mich.

„Abend. Wir möchten Sie was fragen. Kommen sie bitte vor" sagte einer der Beamten.

„Jetzt bin ich erledigt" dachte ich.

„Ja bitte. Um was geht's?"

„Es geht um ihren Nachbarn. Jemand hat ihn gesehen, wie er aus der Fabrik vergangene Freitagnacht Blech und andere Gegenstände gestohlen hat. Haben sie etwas gehört oder gesehen?"

„Nein. Freitag war ich bei Geburtstag bis vier Uhr früh. Ich war so gegen fünf Uhr morgens wieder zu Hause. Habe aber nichts Außergewöhnliches gesehen oder gehört."

„Gut dann hat sich das erledigt. Auf Wiedersehen", und die beiden gingen zum Nachbarn. Der Schock war deutlich zu spüren. Ich fing an zu schwitzen und mit zitternden Knien ging ich langsam in Richtung Wohnzimmer. Dort legte ich mich hin und fing an, in Gedanken das Geschehene zu verarbeiten. Erst mal atmete ich tief durch und danach war ich sichtbar erleichtert. Mein Gott war das anstrengend.

Gut, dass es nicht um mich ging! So kann man schnell ein Herzinfarkt bekommen. Ja mein Lieber, so was musste ich noch erleben."

„Gut, dass es glimpflich ausgegangen ist" sagte Fritz.

Nach diesem Gespräch war schon die Zeit zum Mittagessen da. Er blieb zum Essen und nach einer Weile ging er.

Die neue Woche begann gut. Ich traf Fritz auf die Arbeit und er teilte mir mit, dass er den dritten Mann gefunden hat. Das gemeinsame Treffen soll in drei Tagen bei ihm zu Hause stattfinden. Wer der Dritte im Bunde ist, soll bis dahin eine Überraschung für mich bleiben.

Am Donnerstagabend ging ich zum Treffen und war natürlich gespannt, wer außer Fritz noch kommen würde. Ich war nicht wirklich überrascht, denn es war Michael, ein Bekannter von uns.

„Du Schlawiner. Du hast mir nichts gesagt, aber ich habe es geahnt, dass es der Micha ist", sagte ich zum Fritz.

„Also Dani, erzähl noch mal das Ganze von vorne, damit Micha auch hört um was es geht."

Ich wiederholte alles, was ich mit Marius besprochen hatte, noch einmal für Michael. Der Plan klang gar nicht kompliziert. Wir besorgen uns ein Schlauchboot, jemand fährt uns mit dem Auto bis an die Donau, Marius führt uns bis zu der geeigneten Stelle, hilft bei Bootaufblasen, danach wird er mit dem Auto abgeholt und kehrt mit dem Fahrer nach Hause. Ab hier sind wir auf uns und Gottes Wille gestellt, und müssen so schnell wie möglich über die Donau paddeln in die Freiheit. Es war aber alles Theorie die in der Praxis umgesetzt musste.

**Kap. 6**

**„Die Hoffnung wird dich nie enttäuschen"**
*(Sprichwort aus Uganda)*

Alles sollte bis ins kleinste Detail geplant und umgesetzt werden. Vorher aber mussten wir uns alle treffen. Am Wochenende kamen wir zusammen bei Marius nach Hause. Noch einmal war Vorsicht geboten. Jeder ging im Abstand von fünf Minuten alleine ins Hochhaus, damit es sicher ist, dass Keiner beobachtet und verfolgt wird. In der Wohnung war die Gefahr nicht mehr so groß. Es lief alles reibungslos. Marius sprach uns an:

„Willkommen, Jungs. Bevor wir anfangen, trinken wir einen gescheiten Kaffee. Oder soll ich euch vielleicht einen Malzkaffee kochen?"

„Lass das lieber und gib uns lieber einen Jakobs. Vom gebratenen Malz haben wir die Schnauze voll!" scherzte ich.

Nach ein paar Minuten fing Marius das Gespräch an:

„So Jungs, und jetzt der Plan. Hört aufmerksam zu. Wenn ihr Fragen habt, könnt ihr mich nachher fragen. Als Erstes sollte ich euch sagen, wie alles ablaufen wird. Es läuft so:

Wir treffen uns am Tag, der noch unklar ist, steigen ins Auto und fahren nach Süden bis an die Stelle die ich kenne, in der nähe von Donau. Dort angekommen, steigen alle aus so schnell wie möglich, holen die Ausrüstung und gehen Richtung Donauufer. Ich markiere mit einen Handtuch, den ich auf der Seitenstraße platziere, ein Zeichen für den Fahrer. Der Fahrer verlässt die Stelle und fährt zirka fünfzehn Minuten durch die Gegend, dann kehrt er um und holt mich ab. Während dessen komme ich mit euch bis an das Donauufer, helfe euch das Boot aufzupumpen, danach geht ihr ins Wasser. Ab hier seid ihr Gott und euch selbst überlassen. Ich kann euch nicht mehr helfen. Ich gehe zurück an die Straße, verstecke mich im Gebüsch am Straßenrand und warte. Der Fahrer holt mich ab und wir kehren zurück nach Hause. Somit ist die Aktion für mich beendet. Es ist doch ganz einfach, nicht wahr?"

„Na klar, es ist ein Kinderspiel. Pipifax. Alles Theorie, aber eine gute Theorie. Wir müssen das alles nur in Praxis umsetzen. Es wird schon klappen. Schließlich haben wir da einen, der sich gut auskennt" sagte ich.

Wir alle lachten und tranken noch einen Schluck Kaffee.

„Also Jungs, als alles Erste sollte das Boot hier sein. Ich gehe auf den Bazar nach Orsova und besorge serbisches Geld, Dinar. Warum Dinar? Weil ihr den Zug aus Negotin in Richtung Belgrad nehmen, und Karten am Bahnhof kaufen müsst. Vorher aber habt ihr noch mal ungefähr zehn Kilometer Fußmarsch vor euch. Euer Ziel ist Belgrad. Dort geht ihr zur UNO, um euch anzumelden. Danach bei der deutschen Botschaft. Ihr müsst auch in Knast gehen. Dies ist Pflicht, für mindestens zwei Wochen. Nachher ins Lager und ins Hotel, bis eure Papiere fertig sind."

„Mensch, erstaunlich! Der weiß über alles Bescheid. Mit Sicherheit sind schon vor uns andere diesen Weg gegangen. Man kann sich auf ihn verlassen. Er weiß was er sagt" dachte ich.

Marius sprach weiter.

„Ich brauche mindestens 5.000 Lei um Geld zu wechseln und das schnell, weil die Währung sich ständig verteuert.

Wer das bezahlt von euch, muss mir nur den Rest geben. Das Restgeld, bekomme ich von deinem Vater, Fritz, nachdem die Aktion beendet ist und wir zu Hause sind. Sonst noch Fragen? Wenn nicht, dann trinken wir unseren Kaffee zu Ende. Ach, bevor ich es vergesse, Fritz, du bringst das Geld am Freitag, weil ich am Samstag auf den Bazar gehe. Und Fritz, du frag dein Vater ob er uns fährt, ok? Ihr geht jetzt so wie ihr gekommen seid, nacheinander. Seid vorsichtig. Bis bald!"

Alle gingen. Ich als Letzter. Vorher vereinbarten wir noch ein Treffen in einer Woche. Wieder schien die Zeit stehen zu bleiben. Diese Woche war aber von Erfolg gekrönt. Dann traf ich mich mit Marius. Der gab mir das serbische Geld, das er vom Bazar besorgt hatte. Damit war auch der letzte Hauch von Zweifeln beseitigt. Das Geld war da. Das Schlauchboot zu besorgen nahm aber viel mehr Zeit in Anspruch als geplant. Es stellte sich heraus, dass es nicht so leicht zu finden war. Es sollte mindestens 250 kg tragen und drei Personen sollten darin Platz haben.

Die Zeit verging, Tag für Tag, Woche für Woche. Wir konnten nichts machen außer abzuwarten. So wurde es Mitte April. Ostern kam näher. Am Ostermontag trafen wir uns alle beim „Spritzen".

Dies war eine typische Sitte:

Am Ostermontag trafen sich alle männlichen Wesen, vom Kleinkind bis zum Opa, katholisch und mit deutscher Abstammung. Sie gingen alle von Haus zu Haus, um die Frauen und Mädchen mit Parfüm zu bespritzen. Die Kleinen bekamen gefärbte Eier, Süßigkeiten oder Geld, die Großen ein Gläschen Schnaps, Bier oder andere Spirituosen.

Micha, Fritz und ich waren auch dabei. Wir gingen von Haus zu Haus und tranken… und tranken. Letzte Station war bei mir zu Hause. Da ging die Partie erst richtig los. Nach dem Spritzen wurde der Magen richtig voll gespritzt mit Alkohol bis wir alle drei stockbesoffen waren. Für mich war es okay. Ich war ja zu Hause, aber die anderen zwei hatten noch über einen Kilometer bis nach Hause zu laufen. Irgendwie schafften sie es ohne einen Schaden davon zu tragen. Sie wurden sogar leichter, weil sie unterwegs den Weg mit Erbrochenem markiert hatten.

Nach diesem Trubel endlich die Langersehnte Nachricht:
Das Boot kommt in drei Tage! Alle waren erleichtert. Jetzt könnte es endlich losgehen. Und tatsächlich: nach drei Tage bekam Fritz das Schlauchboot. Es war nicht neu, aber groß genug. Das Wichtigste war dass es keine Löcher hatte. Alle drei versammelten uns bei Fritz, um uns das Objekt der Begierde anzuschauen. Es musste geprüft, wie viel Zeit wir brauchen würden, um das Boot mit Luft aufzupumpen. Alles sollte so schnell wie möglich über die Bühne gehen. Da durfte überhaupt keine Zeit verloren werden. Umso schneller wir es schafften, umso schneller kamen wir an das Donauufer. Es wurde auf dem Trockenem geübt. Jeder setzte sich in das aufgeblasene Boot und versuchte zu paddeln. Es stellte sich heraus, dass Fritz es am besten konnte. Und so wurde Fritz zum Kapitän ernannt, oder besser gesagt zum Paddelsklaven. Wir machten uns einen Spaß daraus, denn es war komisch in dem Boot ohne Wasser zu paddeln. Aber es war gar nicht daran zu denken, es auf dem Wasser auszuprobieren. Es sollte lieber keiner etwas sehen und wissen, dass wir ein Boot haben.

Es war schon Mitte Mai. Die Vorbereitungen waren im Großen und Ganzen abgeschlossen. Nur noch ein paar tage bis die Aktion stattfinden sollte. Die letzten Details wurden zu Hause bei Marius noch mal durchgegangen, als ich auf eine Idee kam:

„Hey, Leute, so wie es aussieht, wird Steaua Bukarest im Finale des Champions league gegen A.C. Milan spielen. Es findet am Mittwoch den 24 dieses Monats statt. Wie wäre es, wenn wir an diesem Abend abhauen? Kein Schwein kümmert sich um die Grenze, sondern alle werden entweder das Spiel im Fernseher schauen oder Radio hören. Ich glaube, dass unsere Chancen besser sind, wenn wir an diesem Abend gehen werden. Das Fußballspiel beginnt um 21 Uhr. Bis dann sind wir noch nicht in der Sperrzone. Danach marschieren wir ohne Sorgen bis an den Grenzpunkt. Was sagt ihr?"

Einen Moment lang herrschte totale Ruhe.

„Das ist es Leute!" rief Marius aufgeregt.

„Auf diese Idee bin ich gar nicht gekommen! Daniel, du bist ein Genie. Die Sache ist beschlossen. Eins ist aber noch ganz wichtig:

Fritz und ich werden drei Tage vorher noch mal mit dem Auto vorbei fahren und uns die Stelle genau ansehen, wo wir aussteigen müssen. Dort werde ich als Zeichen, am Rande der Straße mit einer Zeitung den Platz markieren. Bis zum Fluchtabend werden wir keinen Kontakt mehr haben. Vom Erlebnis der Besichtigung des „Tatortes" wird euch Fritz erzählen. Als Uhrzeit schlage ich 18:00 Uhr vor. Bis zu Grenze sind es zirka 150 km, aber die Straßen sind in einem ganz schlechten Zustand, sodass wir nicht mehr als 60 Km pro Stunde fahren können. Wir möchten auch keinen Ärger mit der Polizei haben, obwohl auch die bestimmt das Fußballspiel anschauen und keine Straßenkontrollen machen werden. Bis zum Termin sind es noch 8 Tage. Fritz, du nimmst dir einen Tag frei. Ich mache das auch. Wir gehen nächste Woche auf Erkundungstour. Das Wetter muss auch mitspielen. Dienstag um 9:00 Uhr holst du mich draußen, vor dem Blockhaus ab. In diesem Sinne, macht's gut. Bis Bald Freunde."

„Bis dann Marius" verabschiedeten wir uns.

Ab jetzt musste alles gut durchdacht und geplant werden. Dokumente und saubere Wäsche mussten gut vorbereitetet werden. Ich besorgte mir von der Kirche eine Bestätigung, dass ich in der Katholischen Kirche getauft war. Es war überhaupt kein Problem, weil ich den Pfarrer ganz gut kannte. Der wusste gleich, was los war und wünschte mir viel Glück. Saubere Wäsche war nötig, in Serbien unauffällig zu bleiben. Die Zeit verging. Ich war weiter in meiner Freizeit mit der Unterhaltung der jungen Generation als DJ tätig. Ein letztes Treffen mit den Freunden fand bei mir in der Disco statt. Dort wurde so heftig gefeiert, als ob das Ende der Welt bevorstehen würde. Und es war auch so in gewisser Weise: die Welt der Unterdrückung soll endlich für uns drei bald nur Vergangenheit sein!

Wie vereinbart ging Fritz mit Marius auf Erkundungstour. Am nächsten Tag auf die Arbeit war ich ganz gespannt was Fritz mir berichten würde. Der brachte leider keine guten Nachrichten mit. Es regnete viel, deshalb war die Donau weit über das Ufer hinausgestiegen. Der Platz wo wir aus dem Auto aussteigen sollten, lag am Fluss am nächsten.

Aber durch die Überflutung sollen wir noch zirka 500 Meter zusätzlich durch ein kleines Wald zu paddeln müssen.

Es waren noch drei Tage bis es so weit war. Wir hofften, dass es bis dahin nicht mehr regnet und die Donau sich zurückzieht. Aber gegen die Natur und Gottes Willen kann man nichts ausrichten. Es blieb uns nichts üblich als nur abzuwarten. Endlich kam der Langersehnte Tag. Die Wäsche und die Papiere waren gut in Plastiktüte verpackt. Außerdem etwas zum Essen für unterwegs und drei Packungen Zigaretten. Natürlich fehlte nicht die Flasche mit Schnaps. Die war wichtig für die Feier in Jugoslawien nach der Donau Überquerung. Alles wurde in Rucksäcke untergebracht. Nun hieß es abwarten. Die Nacht war ganz kurz. Ich konnte nicht mal zwei Stunden schlafen. Die Stunden schienen Tage zu sein. Irgendwann wurde auch 17:30, die Stunde der Wahrheit. Bis jetzt keine Polizeikontrolle, alles im grünen Bereich. Um 17:45 verabschiedete ich mich von meinen Leuten und ging in Richtung Treffpunkt.

Es war ein einzigartiges Gefühl. Komischerweise hatte ich keine Angst, als ob es in einen normalen Ausflug geht. Es gab sowieso keinen Weg zurück. Nach so langer Wartezeit war es mir egal; entweder, oder.

Ich schaute mich trotzdem um, ob mich nicht jemand verfolgt. Der Treffpunkt war in der Stadt, nicht weit vom Zentrum entfernt. Da sammelten sich die Leute, die in die nächste größere Stadt per Anhalter gingen.

Wir sprachen uns ab, so zu tun, als wir per Anhalter reisen wollten.

Marius war zuerst am Platz; dann kam ich. Nach kurzer Zeit kommt ein fremder in die Richtung wo wir zwei warteten. Eigentlich kannte ich diesen Jungen. Der hieß Didi, aber mit ihm hatte ich wenig zu tun. Er kam immer näher und blieb bei uns stehen.

„Hallo Jungs, wie geht's euch?" grüßte er.

„Hallo, gut. Aber sag mal, was machst du hier?" fragte ich ihm.

„Ja, wie was ich hier mache? Ich gehe mit euch!"

„Wie, kommst du mit? Wohin kommst du mit?"

„Na, dort hin wo ihr auch hinwollt! Micha kann nicht mitgehen und so bis ich eingesprungen."

„Ah soo. Ich dachte du machst dumme Scherze!"

„Nein. Der ist krank geworden und so bin ich jetzt da, als dritter Musketier im Bunde."

„Na gut, dann gehen wir. Fritz kommt gerade mit seinem Vater."

Das Auto von Fritz stoppte, nachdem wir drei mit den Händen Zeichen gegeben hatten, als ob wir per Anhalter mitfahren wollten. Wir stiegen ins Auto. Das Abenteuer begann! Die Stimmung war ein wenig bedrückt. Dann nahm ich die Flasche Schnaps aus dem Rucksack, trank einen kräftigen Schluck und gab sie in die Runde weiter.

„Auf unseren Erfolg Jungs und Gott helfe uns!"

„Dein Wort in Gottes Ohr. Amen!"

Die Fahrt verlief ohne Probleme. Die Strecke bis zu dem Fluss verkürzte sich ständig. Nach fast drei Stunden Fahrt, fuhr Fritz Vater immer langsamer und Marius kündigte an:

„Jungs seid bereit. Wir sind bald da. Also alles noch mal von vorne. Fritz und ich holen das Boot aus dem Kofferraum. Dani und Didi, ihr beide holt die anderen Sachen und lauft schnell ins Gebüsch. Dort wartet auf mich und Fritz und wir gehen gemeinsam bis zu Uferstelle.

Aber bitte versucht so leise wie möglich sein. Da, da ist die Stelle!"

Die Zeitung, die als Markierung diente, war noch immer da. Das Auto stoppte am Straßenrand. Wir stiegen aus und holten alles aus dem Kofferraum. Der Fahrer gab Gas und verschwand in die Dunkelheit. Ich und Martin sprangen in die Büsche, Fritz und Marius kamen nach. Das Wetter war ideal. Bedeckter Himmel und es war nicht kalt. Bei Vollmond hätte alles viel problematischer sein können, weil das Wasser das Mondlicht gespiegelt hätte und wir leichter entdeckt werden konnten. So aber war nicht zu hell und nicht zu dunkel. Das Wasser hatte sich nicht viel zurückgezogen. Bis zum richtigen Donauufer war noch ein reichliches Stück zu bewältigen. Es war keine Zeit, viel drüber nachdenken. Fritz und Marius nahmen das Boot auseinander und ich begann es aufzupumen. In Kürze war das Boot bereit. Marius verabschiedete sich und ging Richtung Strasse. Wir stiegen in das Boot. Fritz als Paddler zuerst, Didi setzte sich in die Mitte und ich zuletzt. Wir machten zwei Pirouetten, weil Fritz als Linkshändler mit der linken Hand mehr zog als mit der rechten. Aber dann hatte er den Dreh raus, die Lage normalisierte sich und wir glitten langsam voran.

Das Problem war: in welche Richtung wir rudern sollen? Es waren nirgends irgendwelche Orientierungspunkte auszumachen. In diesem Gestrüpp konnte man fast nichts sehen. Die Sicht betrug höchstens drei Meter. Es bestand die Gefahr, dass ein Dorn das Boot durchlöchert, was eine Katastrophe bedeutet hätte. Die Donau war hier über einen Kilometer breit und wir hätten dann schwimmen müssen. Im Moment bestand aber noch keine Gefahr, weil

wir uns noch in dem kleinen Wald befanden. Ich dirigierte Fritz in die Richtung, wo ich eine Lichtung sah. Einmal links, dann nach rechts usw. Nach fast einer halber Stunde war es endlich so weit. Wir erreichten eine trockene Stelle und konnten aus dem Boot aussteigen. Das Boot holten wir aus dem Wasser und transportierten es bis zur Donau Ufer. Zirka zehn Meter hinter einer kleinen Böschung zeigte sich der gewaltige Fluss. In dieser gespenstischen Ruhe konnte man das Fließen der tausenden Kubikmeter Wasser deutlich hören. Es blieb aber keine Zeit, viel drüber nachzudenken. Fritz ging am Ufer ins Wasser, um das Boot zu stabilisieren. So konnten wir beide einsteigen. Danach stieg auch Fritz ein und übernahm die Paddeln. Der Strom war so gewaltig, dass wir innerhalb weniger Sekunden 50 Meter abgetrieben wurden. Fritz musste richtig kämpfen gegen den Strom. Umso weiter uns das Wasser getrieben hätte, umso länger hätte die Überquerung des Flusses gedauert. Außer den Paddeln, die regelmäßig ins Wasser peitschten, war nichts zu hören. Das Wasser war ruhig. Langsam aber sicher näherten wir uns dem serbischen Ufer. Es waren vielleicht noch 100 m, plötzlich leuchtete ein starker Reflektor direkt auf unser Boot. Fritz konnte es nicht sehen weil er mit dem Rücken zur Lichtquelle saß, aber wir. Ich war fix und fertig und sagte:
„Fritz. Hör auf zu paddeln, wir sind verloren! Die Patroullie ist da."
Der Schock war groß! Gerade jetzt, so kurz vor dem Ziel sollten die uns erwischen! Eine Schrecksekunde! Aber komisch. Nach kurzer Zeit, ging das Licht nach rechts, wurde immer schwächer und verschwand schließlich. Wir atmeten erleichtert aus. Es war ein LKW der auf der

serbischen Seite in den Hafen fuhr. Gott sei Dank! Wir brauchten einige Sekunden um wieder zu Sinne zu kommen. Fritz fing wieder an wie ein Verrückter zu paddeln, bis wir endlich auf das Ufer stoßen. Ab da verlief alles nach Plan. Das Boot wurde zerstochen und versenkt. Die schmutzigen Klamotten wurden ausgezogen und ins Wasser weggeworfen, die saubere angezogen. Dann, schnell weg vom Ufer. Die Freude war riesengroß. Jetzt realisierten wir, dass wir wirklich am serbischen Ufern gelandet sind. Diese Tatsache erschien uns aber irgendwie unrealistisch, wie im Traum!

„Was, wir sind jetzt wirklich in Jugoslawien? Dass kann doch nicht war sein!"

Wir umarmten uns und tanzten wie die Fußballer nach einem gelungenen Tor. Wir hatten den Kommunismus besiegt und waren frei! Endlich die lang ersehnte Freiheit! Zur Bestätigung dieser Wirklichkeit schauten wir uns die Autokennzeichen an. Und tatsächlich, es waren serbische Kennzeichen.

„Also Jungs, ab jetzt, kann alles nur noch  besser werden. Wir haben es geschafft. Dass muss gefeiert werden. Komm Fritz, hol den Schnaps raus. Ist er überhaupt noch da oder hast du ihn in der Donau verloren?" fragte ich lächelnd.

„Bist du verrückt oder was? Wie soll ich ihn verlieren? Alles andere, aber nicht den Schnaps. Die Flasche ist noch halbvoll. Haut rein Freunde, wir sind frei! Zumindest heute, wenn die Serben uns nicht erwischen. Kommt hier, versteckt euch im Gras, damit uns kein Auto erwischt. Das fehlt uns nochgerade jetzt, wo wir es geschafft haben!"

Wir setzten uns ein Paar Meter vom Straßenrand entfernt im hohen Gras, zündeten jeder eine Zigarette an und leerten die Flasche Schnaps. Danach war das Leben noch schöner!

„Jetzt sollten wir uns vom Acker machen, weil wir noch einen langen Weg vor uns haben, Freunde. Marius sagte, dass wir entlang einer Eisenbahnstrecke gehen müssen. Aber ich sehe keine Eisenbahnschienen. Bei der Dunkelheit weis ich nicht wie wir sie finden sollen" sagte ich.

Didi, der jüngste in der Runde, leerte die Flasche aus und schmiss sie weit weg ins Feld. Wir fingen an zu singen, jeder auf seine Art. Es war unseren Freiheitssong. Ohne Namen, aber lustig. Drei Zigaretten wurden nacheinander angezündet und dann ging es langsam los in nördliche Richtung so wie Marius gesagt hatte. Nach kurzer Zeit kamen wir an eine Kreuzung. Ein Problem für uns.

„Und jetzt wohin, Freunde? Nach links, oder gerade aus? Nach rechts geht es in Richtung Donau und ich möchte wirklich nicht mehr nach Hause" sagte Fritz.

„He, wir müssen uns verstecken. Schaut mal, da kommt ein Auto. Schnell ins Feld, nicht dass es die Serbische Polizei kommt und uns erwischt."

Wir sprangen wie die Hasen ins Gebüsch und blieben dort regungslos liegen. Wir wollten den Zug erwischen, der direkt nach Belgrad fährt und nicht schon hier scheitern. Nachdem das Auto sich entfernte sagte ich:

„Ich schlage vor, wir folgen dem Auto und gehen in die-selbe Richtung. Marius sagte Nord und diese Strasse geht ungefähr nach Norden."

„Also gut, gehen wir. Irgendwo müssen wir doch landen. Gott ist mit uns" sagte Fritz.

Die Landung auf dem Serbischen Ufer war ungefähr um 23:00 Uhr, aber die serbische Zeit war versetzt. Also es war 22:00 Uhr, Ortszeit. Wir wussten weder, wie weit die Stadt Negotin entfernt war, noch ob die Richtung stimmt. Aber es spielte keine Rolle mehr. Das Schicksal sollte entscheiden. Wenn unsere Flucht bis jetzt so gut verlaufen ist, kann es ruhig so weiter gehen.

Nach fast zwei Stunde Fußmarsch, sahen wir endlich das Langersehnte Ortsschild mit dem Namen NEGOTIN!

Nach ein paar Hundert Metern kamen wir an einen Bahnübergang. Mist! Wieder so eine dumme Situation. Wohin jetzt? Nach links oder nach rechts? Wir entschieden uns für rechts. Nach 10 Minuten war klar: es war die falsche Richtung! Kein Bahnhof war zu sehen, nur große Silos. Also wieder zurück. 15 Minuten in die andere Richtung und nach einer Kurve zeigte sich in voller Pracht der Bahnhof!

Uhhh! Da fiel uns ein ganzer Berg von den Schultern. Einer sollte gehen und die Fahrkarten nach Belgrad kaufen. Ich fackelte nicht lange und ging zum Bahnhofsschalter. Es war leider schon geschlossen, aber ich sah den Schaffner dahinter, klopfte an und verlangte Karten.

Leider war das nicht mehr möglich. Der Mann gab mir zu verstehen, dass er jetzt ein Zug abfertigen muss, der in den Bahnhof gleich einfahren muss. Wir sollten in Zug einsteigen und dort die Karten lösen. Ich verstand das. Dann warf ich einen kurzen Blick auf die Tafel wo Abfahrtszeiten der Züge eingetragen waren. In Richtung Belgrad fuhr ein einziger Zug um 24:10 Uhr. Ich schaute auf die Bahnhofsuhr und sah, dass es 24:05 Uhr war. Kurz danach kam der Zug. Wir warteten auf dem Gleis. Zirka 100 Meter weiter entfernt, beobachteten zwei Polizisten das Geschehen. Auf einmal kamen sie in unsere Richtung.

Man, schon wieder eine heikle Situation! Was ist jetzt zu machen? Einige Sekunden vergingen ohne Reaktion. Die Beamten kamen immer näher! Sie waren vielleicht nur noch 50 Meter entfernt! Die Situation war kritisch! Jetzt mussten wir uns entscheiden: stehen bleiben oder weglaufen. Die Polizisten riefen etwas auf Serbisch zu und fingen an in unsere Richtung zu laufen. Es war gar nicht so schwer zu erahnen was sie sagten. Es klang wie:

„Halt, stehen bleiben!"

„Schnell, kommt schnell, das ist unser Zug. Steigt ein bevor wir geschnappt werden!" schrie ich.

Kurz nach meinem Ausruf, hörte ich einen Schuss. Didi sprang als letzter in den Zug. Leider konnte er das Geländer nicht mehr richtig erfassen und seine Füße blieben in der Luft hängen. Der Zug zerrte ihn einige Meter hinter sich her. Didis Füße drohten unter die Räder zu kommen!

„Mein Gott! Die haben Didi verletzt!" sagte ich zu Fritz. Wir starten geschockt aus dem Fenster und konnten ihm nicht helfen!

„Komm du schaffst es! Ziehe deine Füße hoch Mann!" schrie ich ihm zu.

Endlich konnte Didi seine letzten Kräfte mobilisieren und zog seine Beine hoch. Er kam schwankend auf dem Flur hergewankt und setzte sich gleich hin. Sein Gesicht war leichenblass.

„Was ist los, bist du verletzt?" fragten wir.

„Nein, Gott sei Dank. Mann war das eine Erlebnis! Ich glaube die haben in der Luft geschossen" sagte er mit zitternder Stimme.

Das war wirklich knapp! So ein Glück! Aber die Gefahr war noch nicht vorbei! Wir waren gespannt, ob auch die

Polizisten im Zug eingestiegen waren. Das Glück stand auf unsere Seite. Wir wurden nicht verfolgt.

Aber so wie Schlechtes niemals alleine kommt, so ist auch mit Glück. Es klappte noch einmal gut, wenn auch Knapp. Wir waren erschöpft und hungrig. Dann öffneten wir die Tür des Abteils und starrten Fassungslos! Wir waren die alten Wagons der 50-er Jahre, in Rumänien gewöhnt, dreckig, alt und hässlich. Das hier, war wie in einer anderen Welt. Die Bänke weich und sauber, der Flur roch frisch und nicht wie drüben, nach Pisse. Und erst die Toilette! Ein Traum, anders kann man es nicht nennen! Es gab weiches Toilettenpapier! Zu Hause standen entweder Zeitungen oder alte Schulhefte von uns zur Verfügung, um den Allerwertesten abzuwischen. Es war schon ein Vergnügen, sich mit dem Gesicht von Ceaușescu, dem Präsidenten, seinen Hintern abzuwischen; aber die Zeitungen waren nicht weich. Dieses Papier war etwas Besonderes.

„Wer weiß, vielleicht kommen Scheißzeiten auf uns zu. Man soll vorbereitet sein" dachte ich und nahm zur Sicherheit gleich eine Rolle mit. Danach kehrte ich zu den Kumpels zurück und erzählte was ich entdeckt habe.

Gleich danach kam der Kontrolleur und verlangte die Fahrkarten. Ja, Karten woher? Wir hatten keine Zeit mehr am Bahnhof zu kaufen, aber hatten Geld. So bekam jeder eine Karte bis Belgrad. Damit waren die Geldreserven fast verbraucht. Zum Glück hatte Fritz noch einen 50 DM Schein für schlechte Zeiten. Jetzt kehrte Ruhe und wir versuchten zu schlafen. Fritz und Martin schliefen schnell ein. Ich musste kämpfen. Egal wie müde ich war, konnte weder im Zug noch im Auto schlafen. Ich beneidete die anderen zwei. Dann dachte sich:

„Scheiß Schlaf, er will nicht kommen. Ich gehe in den Restaurantwagon ein Bier trinken."

Die anderen zwei fingen an zu schnarchen und das war noch ein Grund mehr um abzuhauen. Ich ging durch drei Waggons und kam in den Speisewagen. Leider war er bis 3:00 Uhr in der Früh geöffnet und es war schon 5 Minuten nach.

„Nichts zu machen. Zurück zum der Abteil, wo meine Schnarchfreunde ein Wald abholzen" dachte ich. Auf dem Flur des nächsten Waggons standen zwei Jungs. Die rauchten und unterhielten sich auf Rumänisch. Da war ich überrascht, blieb stehen und fragte:

„Hallo Jungs. Seid nicht böse, dass ich euch frage. Habt Ihr es auch über die Donau geschafft?"

„Nein, wir sind aus Prahovo und gehen nach Belgrad".

„Bei Prahovo sind wir gelandet bei unsere Donau Überquerung. Aber wieso sprecht ihr Rumänisch?"

„Es ist normal. Alle im Dorf sprechen es. Wir sind rumänischer Abstammung, aber frag uns nicht, wo her das kommt. Wir sprechen halt schon immer auch Rumänisch."

„Alles klar Jungs. Wir haben es heute Nacht zu dritt über die Donau geschafft. Jetzt fahren wir nach Belgrad, wo wir uns bei UNO und der deutschen Botschaft anmelden möchten."

„Na, das ist aber eine gute Nachricht. Gott sei Dank ist euch die Flucht gelungen. Seid ihr über die Donau geschwommen? Da ist sie über einen Kilometer breit!"

„Zum Glück hatten wir ein Schlauchboot und so blieb uns die Schwimmerei erspart."

„Hut ab, Jungs! Ihr habt aber Blut in den Adern, wirklich und Glück sowieso."

„Da hast du Recht. Es hat alles 100% geklappt, obwohl die Donau über die Ufer getreten war."

„Ja gut, und wie seid ihr dann in diesen Zug gelandet? Von Prahovo bis  Negotin sind es so um die 10 Kilometer?"

„Zu Fuß, wie anders? Und viel Glück hatten wir auch noch. Wären wir nur mit 5 Minuten später am den Bahnhof eingetroffen, hätten den direkten Zug verpasst. Außerdem hätte uns die Polizei am Bahnhof fast erwischt. Wir sind gerannt wie die Hasen und in den Zug gesprungen."

„Da könnt ihr aber heilfroh sein! Es hat alles wie im Film geklappt. Mann, so ein Glück!"

„Vielleicht haben wir es uns auch verdient, nach so langer Zeit der Unterdrückung und mangelnder Freiheit!" sagte ich.

„Ja so ist es. Wir wissen, was dieses Schwein von Ceaușescu mit euch schon seit fast 25 Jahre macht. Gott sei Dank mussten wir dort nicht leben. Ein Paar Mal waren auch wir in Orsova, Ware zum Verkaufen. Die Menschen haben uns über die Lage berichtet. Für euch ist nun aber Schluss. Ihr seid ab jetzt endlich frei und könnt ein neues Kapitel im Leben aufschlagen. Wohin wollt ihr in Belgrad gehen?"

„Unser Ziel ist als erstes die Deutsche Botschaft und danach die UNO. Leider müssen wir nachher für 14 Tage ins Gefängnis. Das ist Vorschrift für Flüchtlinge. Da müssen wir durch und ich bin sicher dass es hier angenehmer ist als in Rumänien im Gefängnis. Ich habe das schon ausgekostet, 1982, bei meinem ersten Fluchversuch, der schief gegangen ist. Ich sage euch, das war kein Zuckerlecken. Dass ist aber jetzt Vergangenheit. Man soll nach vorne schauen und nicht jammern. Es kann nur besser werden!"

„Übrigens, wie heißt du?"

„Ich bin der Daniel."

„Also Daniel, ich bin der Mirko und er ist mein Cousin Dragan. Ihr habt das alles wunderbar hinbekommen. Wir werden euch helfen. Was rauchst du eigentlich da? Das stinkt wie die Pest!"

„Na was? Rumänischen Mist. Das konnte ich mir leisten."

„Schmeiß den Scheiß weg und nimm von uns eine gescheite Zigarette" sagte Mirko.

„Ach nee, Marlboro, ein Traum. Danke schön" sagte ich.

„Ich arbeite in Deutschland, aber jetzt habe ich Urlaub. Wir fahren nach Belgrad, um meinen Bruder beim Militär zu besuchen. Weil ihr kein Serbisch sprecht und wahrscheinlich auch kein Geld habt, bezahle ich für euch ein Taxi bis zu der deutschen Botschaft. So seid ihr auf der sicheren Seite. Die Polizei kann euch dann nicht mehr erwischen. Gleich am Bahnhof rufe ich ein Taxi und alles wird gut. Eigentlich sind wir alle Brüder, so denken wir Serben" sagte Mirko.

„Dass wir so ein Glück haben, hätte nie gedacht! Es kommt alles wie von alleine. Wie spät ist es?"

„Es ist bald 8 Uhr. Noch zwei Stunden und wir landen in Belgrad."

„Na super. So schnell vergeht die Zeit. Jetzt muss ich diese wunderbare Nachricht meinen Kumpels beibringen. Bis später " sagte ich glücklich.

Schnell ging ich zum Abteil, wo meine beiden Freunde waren.

„Wo warst du denn? Wir haben uns tausend Gedanken gemacht. Seit zwei Stunden sitzen wir da wie die Deppen und fragen uns, wo bist du? Was ist mit dir passiert? Haben dich die Bullen erwischt?" sagte Fritz aufgeregt.

„Welchen Bullen, spinnt ihr? Ich habe unsere Zukunft arrangiert. Ihr habt keinen Ahnung!"

„Was für eine Zukunft? Ich glaube, jetzt spinnst du" sagte Fritz.

„Unsere Zukunft, du Gescheitkopf. Wegen eueres beschissenen Schnarchens konnte ich nicht schlafen und wollte mir im Speisewagon ein Bier gönnen. Leider war ich zu spät, weil es um 3:00 Uhr schließt. Auf dem Rückweg hörte ich wie sich auf dem Flur, zwei Jungs auf Rumänisch unterhielten. Na, die haben es wie wir geschafft über die Donau, dachte ich. Fehlanzeige. Sie sind Serben und haben mir versprochen uns zu helfen."

„Bist du blöd oder was? Woher weißt du, dass die nicht bei der Polizei arbeiten und statt bei der Botschaft, landen wir direkt im Gefängnis?" sprach Didi.

„Du halt die Klappe, du Angsthase. Du hast keine Ahnung. Wach auf! Wir sind hier in Freiheit und nicht in Rumänien, du Ochse. Jetzt nervst du. Obwohl ich unseren Weg ebne, scheißt du mich zusammen? Einer der beiden hat einen Bruder beim Militär in Belgrad und den gehen sie besuchen. Außerdem, Mirko wird uns ein Taxi besorgen und es auch bezahlen. Ich glaube denen. Die sind in Ordnung. Kommt mit und überzeugt euch. Na kommt schon, wir sind bald in Belgrad. Um 10 Uhr ist es so weit" drängte ich.

Wir holten unsere wenigen Sachen und gingen. Mirko und Dragan waren noch auf dem Flur. Die Stimmung war prächtig. Der Zug näherte sich Belgrad langsam und sicher. Obwohl ich kein Auge zugedrückt hab und seit über

36 Stunden wach war, war ich überhaupt nicht müde sondern einfach nur glücklich.

Endlich gab der Zug Signal dass es bald am Zielbahnhof einfahren wird.

„Jungs, es ist gleich so weit. Bleibt bei uns und ich werde das Taxi gleich für euch bestellen" sagte Mirko.

Der Zug rollte langsam in den Bahnhof ein. Wir stiegen aus. Sofort blendeten uns die Sauberkeit und die Größe des Bahnhofs. Und dann die Krönung!

Ein kleiner bescheidener Kiosk voller Köstlichkeiten: Bananen, Orangen, Tomaten, Paprika, Süßigkeiten, Salamistangen und verschieden Sorten Zigaretten. Es war wie im Paradies. Ich konnte es nicht fassen! Im Mai Bananen! Das war unvorstellbar! Zuhause waren die nur an Weihnachten zu finden. Dann bekam jeder höchstens ein Kilo. Dafür aber mussten wir stundenlang in der Schlange stehen. Außerdem waren die Bananen grün, deshalb legte man sie auf den Schrank damit sie reifen. Und hier war alles Mögliche zum Greifen nahe!

„Wenn es hier in Serbien schon so großartig ist, was erwartet uns dann in Deutschland? Dort ist das reinste Paradies, bestimmt" dachte ich und damit hatte ich Recht.

Wir gingen in Richtung Ausfahrt. Da wurden wir nicht nur von der Sonne geblendet, sondern auch von der Größe der Stadt, den vielen Autos und den vielen Leute die hin und her gingen. Dragan blieb ein wenig zurück und kaufte was am Kiosk, danach kam er wieder.

Mirko sprach einen Taxifahrer an und sagte ihm, er soll uns zur Deutschen Botschaft hinfahren. Er bezahlte ihn gleich. Dann kam Dragan und gab jedem von uns eine Packung Zigaretten und sagte:

„Dass ist für euch. Viel Glück weiterhin!"

„Vielen Dank und Gott helfe euch. Ihr habt es uns ganz leicht gemacht. Macht's gut" sagte ich.

Wir stiegen in das Taxi und es rollte in Richtung Botschaft. Der Taxifahrer wusste Bescheid. Nach kurzer Zeit kamen wir auf eine Strasse, wo sich mehrere Botschaften nebeneinander befanden. Erst kam die amerikanische Flagge, danach folgte die von Kanada und dann… dann kam auch eine Flagge, die wir sehr gut kannten: die rumänische Flagge. Der Taxifahrer tat so, als ob er hier stoppen wollte und fragte uns ob wir nicht hier aussteigen möchten. Er sagte im englisch:

„Hey Boys, we are here. Go now."

Wir antworteten im Chor:

„No, please to Germany, not Roumania!"

Natürlich war es nur Spaß. Nach 300 Meter kam die Deutsche Botschaft. Da stiegen wir aus und gingen die Treppe hoch in Richtung Eingang. Schnell stellten wir fest, dass die Botschaft geschlossen war. Dann kam auch schon die serbische Wache auf uns zu und jagte uns weg. Pech gehabt! Es war Christi Himmelfahrt. Aber woher sollen wir wissen dass es ein Feiertag ist? Traurig gingen wir die Treppe wieder runter. Ein gut angezogener Mann kam uns entgegen und fragte uns in Deutsch:

„Na Jungs, was ist los mit euch? Was sucht ihr hier?"

„Wir sind heute Nacht aus Rumänien über die Donau geflüchtet und wollten uns jetzt bei der Deutschen Botschaft anmelden. Leider ist sie geschlossen. Wir haben Pech" sagte ich.

„Nein. Ihr habt kein Pech. Ihr habt viel Glück weil ich hier arbeite. Jetzt kommt mit. Ich helfe euch, die Unterlagen auszufüllen" sagte der Mann. Er war Mitarbeiter in dem Konsulat. Welches Glück!! Eine Minute früher oder später und der Ablauf hätte ein ganz anderes sein können.

Wir gingen in das Gebäude, bekamen Formulare die wir ausfüllten und danach wurden wir beraten wie es weitergehen soll. Der nächste Schritt war die Suche nach dem UNO Gebäude, um uns auch dort anzumelden. Wir bekamen die Beschreibung wie wir hinkommen, welchen Bus wir nehmen müssen und die Benennung der Strasse. Der Herr verabschiedete uns. Es klappte auch mit der Anmeldung bei UNO, wo wir viele Landsleute getroffen hatten, einige sogar aus unserem Heimatort.

Der nächste Schritt war die Anmeldung bei der Polizei. Es war Pflicht, sich dort anzumelden, sonst gab es Probleme und die Serben hätten uns zurück nach Rumänien geschickt wenn sie uns erwischt hätten! Bei der UNO bekamen wir die Adresse und den Fahrplan für den Bus, den wir nehmen mussten. Ab, ging es in Richtung Polizei. Hier erwartete uns kein Zuckerschlecken. Wir erzählten, dass wir über die Donau geflüchtet waren. Dann explodierte die Bombe! Der Staatsanwalt, der auch Rumänisch sprach, war stocksauer und fing an zu schimpfen:

„Wer zum Teufel hat euch zu mir geschickt! Habe ich nicht genug zu tun? Jeden Tag kommen nur Rumänen hier her. Wieso habt ihr euch nicht in Negotin gemeldet? Nein, Ihr müsst hier in Belgrad zu mir kommen! Verdammte Rumänen!"

„Wir sind aber nicht Rumänen. Wir waren schon bei der deutschen Botschaft und bei Uno und möchten weiter nach Deutschland, wissen Sie?" sagte ich.

Der Staatsanwalt änderte sofort den Ton. Er wurde direkt freundlich.

„Ach so! Na dann ändert sich die Situation. Wisst Ihr, ich habe mit vielen zu tun, die gar nicht wissen wohin sie wollen! Alle Arten von Idioten, auch Minderjährigen waren dabei. Die müssen wir sofort zurück nach Hause schicken, auch wenn es mir Leid tut. Ich weiß schon, was auf sie zukommt. Aber Gesetz ist Gesetz! Ich muss mich daran halten, sonst fliege ich raus. Okay, hier sind eure Formulare. Füllt sie aus und vergesst nicht zu unterschreiben."

Es wurden Fragen gestellt über die Stelle und Uhrzeit, wann wir es über die Donau geschafft haben und vieles mehr. Nachdem alle Papiere ausgefüllt waren, sagte der Staatsanwalt:

„Heute ist ein schöner Tag. Haut ab in die Stadt und genießt ihn. Es ist jetzt 15 Uhr. Kommt zurück um 18:00 Uhr und dann meldet euch bei den Kollegen aufs Revier. Viel Spaß."

Wir konnten es nicht fassen und standen unter Schock. Wir gehen zur Polizei und die schickt uns spazieren! So etwas war ganz neu für uns. Von Rumänien wussten wir das die Polizei verprügelt und einsperrt, aber niemand wegschickt um sich einen schönen Tag zu machen. Wir dachten, der macht Witze.

„Na was ist? Wollt ihr nicht gehen? Soll ich euch gleich einsperren, oder was?" fragte der Staatsanwalt.

„Nein, nein, wir gehen gleich, sogar jetzt sofort!" und weg waren wir.

Nachdem wir das Gebäude verlassen hatten, diskutierten wir über das Geschehen. Ich fing an weil ich die meiste Erfahrung mit der Polizei hatte.

„Also Leute, wir sind wirklich in einer anderen Welt gelandet. Ich hatte zu Hause zu tun mit der Polizei, aber so etwas habe ich noch nicht erlebt. Wir wollen ins Gefängnis und der schickt uns in der Stadt damit wir uns einen schönen Nachmittag machen. Ich sag euch, das ist verrückt! Aber wenn er es so will, dann gehen wir etwas essen und ein Bierchen trinken."

„Na so was, schaut, dort rechts ein kleines Restaurant mit Terrasse. Da gehen wir hin" sagte Fritz.

Das Wetter spielte mit und spiegelte unsere innere Befindlichkeit. Wir waren überglücklich, obwohl die Zukunft in Unklaren lag. Die Maisonne lachte und streichelte uns an mit ihrer Wärme. Wir setzten uns an einen freien Tisch und waren sichtlich erleichtert, dass bis jetzt alles so gut verlaufen war. Hundemüde, hungrig und durstig, aber zufrieden. Wir hatten unser erstes und wichtigstes Ziel erreicht. Jetzt sollte gefeiert werden.

„Fritz, du bist unser Finanzminister. Haben wir noch genug Geld, nicht dass die uns auch noch verprügeln weil wir nicht zahlen können?" fragte Martin.

„Na klar. Die 50 Mark sind noch ganz und 100.000 Dinar haben wir noch. Und schaut mal auf die Menükarte, ein Tuborg Bier kostet gerade lächerliche 7.000 Dinar. Da können wir uns sogar besaufen. Zuerst aber möchte ich etwas essen. Ich bestelle mir ein Sandwich. Das kostet nur 5.000!"

Wir bestellten alle das gleiche: Pils, Erdnüsse, eine Tasse Kaffe und ein Sandwich. Zuerst kamen das Bier und die Erdnüsse.

„So gut wie dieses hat mir noch nie ein Bier geschmeckt. Und die Kombination mit Nüssen- mmm ist das herrlich!

He Jungs, wo sind unsere Verwandte und die Bekannt-schaft? Die sollen uns jetzt sehen, wie gut uns geht! Die Bosse aus Belgrad" scherzte ich.

Dann kam der Sandwich, der in einer Minute schon verschlingen wurde.

Zum Schluss kam die Tasse Kaffee, welche mit einer Ziga-rette doppelt so gut schmeckte.

„So kann man immer und ewig leben, oder? Endlich die Freiheit in vollen Zügen genießen!"

Wir alle waren begeistert.

Leider geht auch der schönste Tag irgendwann einmal zu Ende und wir sollten uns um 18:00 Uhr bei der Polizei melden. Also blieb uns nichts übrig als aufzustehen und langsam uns auf den Weg machen. Wir stiegen in den Bus ein und nach 3 Stationen bei der Polizei aus. Danach gingen wir in das Gebäude und setzten uns dort auf eine Bank. Es wurde 18:30, dann 19:00 Uhr. Keiner beachtete uns. Um halb acht kam endlich ein Beamter und fragte uns was machen wir hier. Irgendwie verstand er dass wir hier sind, um unsere Strafe zu verbüßen.

Der Beamte führte uns in die Arrestzelle im Keller. Die war kein schöner Anblick, aber es sollte nur bis zum nächsten Tag sein. Sozusagen eine Übernachtung. Besser als auf der Strasse zu schlafen, und viel besser als dass was ich in Rumänien erlebt habe. Die Schnüre, Riemen und die persönlichen Sachen wurden bei den Lageristen abgegeben und ein Wächter führte uns in der Zelle. Die Nacht war relativ unruhig. Gerade als ich einschlafen soll, quietschte die schwere Zellentür und drei Zigeuner aus Rumänien kamen rein. Die hatten es auch geschafft über die Grenze illegal zu flüchten. Sie brachten gute Laune mit. An Schlaf war gar nicht mehr zu denken. Die Zeit verging relativ schnell. Um die Mittagszeit, wurden wir erneut zum Interview bei einem anderen Staatsanwalt gerufen.

Nach Erledigung des Papierkrams, bekamen wir unsere Sachen wieder zurück. Langsam machte sich unser Magen wieder bemerkbar. Es waren schon fast 24 Stunden seit dem wir weder gegessen, noch getrunken hatten. Im Arrest bekamen wir nichts zu Essen. Um 17:00 Uhr kam endlich ein Polizeibus und nahm 15 Leute mit, die in Gefängnis gehen mussten. Die fahrt dorthin war grausam. Der Bus schaukelte in alle Richtungen. Der Fahrer fuhr mit Absicht wild, einmal schnell, dann bremste er abrupt, dann gab er wieder Gas. So wurden alle Insassen wie Kartoffeln hin und her geschmissen. Der Beifahrer schaute durch das kleine Fenster und lachte sich kaputt. Mir war es aber nicht zum Lachen. Fünfzehn Zigaretten wurden gleichzeitig angezündet, und mir war schlecht wie noch nie in meinem Laben. Seit fast 24 Stunden nichts gegessen und getrunken, hinzu kam auch das Rütteln. Die Kopfschmerzen wurden unerträglich. Mein Kopf drohte zu platzen! Ich musste mich übergeben, aber was soll raus kommen wenn der Magen leer war? Nach einer Ewigkeit kamen wir ans Ziel: das Gefängnis „Padinska Skela."

Mit Unterstützung von meinen beiden Kumpels stieg ich langsam aus dem Bus aus. Ich war ganz blass und konnte mich kaum auf den Beinen halten. Mit Mühe kam ich in den Gefängnishof. Hier, fand ich eine Bank und setzte mich hin um mich ein wenig bei frischer Luft zu erholen. So verbesserte sich meine Lage. Hungrig und durstig war ich trotzdem.

Danach gingen alle in ein Kleiderlager um sich die Karier-ten Anzüge und die Mützen abzuholen. Die Zivilsachen mussten abgegeben werden. Der Lagerist war aber nicht da. Er war über Wochenende zu Hause in Urlaub.

„Wie bitte? Im Urlaub? Welchen Urlaub? Wo sind wir denn hier? Es ist doch ein Gefängnis und kein Hotel, oder? Das gibt's doch nicht!" sagte Fritz.

„So was hätte ich mir auch gewünscht im Gefängnis in Rumänien, aber statt Urlaub gab's Prügel" sagte ich. So behielten wir alle, bis Montag, bis der Lagerist aus dem Urlaub kam, unsere Zivilklamotten. Wir wurden in ein leeres Zimmer geführt. Am Boden lagen nur ein Paar alte Matratzen, sonst war nichts mehr im Zimmer. Ich legte mich sofort hin. War fix und fertig nach dieser verrückten Autofahrt und schlief sofort ein. Nach kurzer Zeit wurde ich aber abrupt aufgeweckt.

„He, wach auf, du Schlafmütze. Essen kommt" sagte Fritz zu mir.

Bei dieser guten Nachricht wurde ich sofort wach und freute mich. Mein Magen knurrte gewaltig. So gut schmeckte mir noch nie ein Essen! Im Gegensatz zum Gefängnis in Rumänien war das Essen gewürzt. Dazu gab es noch frisches Brot. Ein Genuss! In 2 Minuten war der Teller leer! Mit dem Stillen des Hungers verbesserte sich die Stimmung aller Gefangenen. Danach erzählte jeder seine Story. Fritz traf sogar Bekannte aus Rumänien, die es am gleichen Abend wie wir, es über die Donau geschafft haben. Gegen 20:00 Uhr wurden noch einige Serben ins Zimmer gebracht. Darunter war auch ein älterer Mann, der stark nach Alkohol roch. Er kratzte sich ständig und es stellte sich heraus, dass er Läuse hat. In diesen kleinen

Zimmern war jetzt Platz Mangelware. Für denn war das aber gut weil sich niemand in seiner Nähe traute und er so genügend Bewegungsfreiheit hatte. Wir blieben alle zusammen bis Montag früh. Das gute Essen wirkte Wunder. Auch mit dem Alten, der Läuse hatte, war das Leben zu ertragen. Dann kam Montagmorgen endlich der Lagerist aus dem Urlaub zurück. Alle bekamen ihren neuen Anzug und geeignete Arbeitsschuhe. Nach der ganzen Prozedur ging es in ein neues Zimmer. Das war um die 100 m² groß, sauber und hell.

„Na, dass ist aber ein 4 Sternen Hotel, besser als Zuhause, " sagte ich, nach dem ich mich auf das Bett gelegt hatte. Die Matratze war weich und der Kopfkissen ebenso. Es roch nach frisch gewaschen, es roch nach Freiheit!

Die Stimmung verbesserte sich noch mehr, als wir in den Hof gingen. Die Sonne wärmte auch unsere Seele. Am nächsten Tag gleich in der Früh wurden alle im Hof zu einer Besprechung gerufen. Es war die Rede davon auf dem Feld zu arbeiten, und zwar sollten wir Maishacken. Alle Ausländer aus dem Zimmer wurden für den nächsten Tag gebucht. Wir drei Freunde freuten uns. Die Zeit verging bei der Arbeit schneller und außerdem waren wir in der freien Natur. Leider hatten wir nicht mit der Sonne und der Hitze gerechnet. In Serbien herrscht ein subtropisches Klima. Im Sommer sind Temperaturen über 40 Grad keine Seltenheit.

Manche zogen ihr Hemd aus, ohne über der Gefahr von Sonnenbrand nachzudenken. Und es dauerte nicht lange, bis die Wirkung eintritt. Diejenigen, die oben ohne gearbeitet hatten, bekamen Verbrennungen zweites Grades. Na ja, für Dummheit muss man immer bezahlen.

Ich wusste Bescheid über die Konsequenzen und zog mein Hemd nicht aus. Des einen Leid - des andern Freud. Andere Gefangenen wurden zum Erdbeeren pflücken eingeteilt und erzählten über die Orgien, die sie dort erlebt haben. Orgien in Sinne von Erdbeeren essen. Da wurden wir neidisch. Ein Einsatz auf dem Erdbeerfeld war aber noch nicht machbar. Erst nach einer Woche kamen auch wir dorthin und konnten uns die Mägen mit Erdbeeren voll schlagen. So viele Erdbeeren hatten wir weder gesehen noch gegessen. Ich hab gegessen wie ein Verrückter, auch wenn sie ungewaschen und voller Sand waren.

Die obligatorischen zwei Wochen Gefängnis gingen langsam zu Ende. Endlich kam auch der Tag der Befreiung. Alle wurden aufgerufen und bekamen ihre Papiere. Von hier ging es in ein UNO Lager das in zirka 500 Meter Entfernung lag. Hier war gar nicht so toll. Die Zimmer waren klein und das Essen unzureichend. Didi bekam nach zwei Tage als erste seine Papiere von der Deutsche Botschaft. Danach reiste er nach Deutschland. Fritz und ich blieben noch vier Tage. Dann kamen wir in ein Hotel, 2 km von Belgrad Zentrum entfernt. Wir bekamen Freifahrtscheine für Busfahrten in die Stadt. Täglich gingen wir in der Stadt bei der Deutsche Botschaft um uns um die Einreise zu erkunden. Abends war Telefonieren in der Heimat oder nach Deutschland die Regel. Bei der Post waren damals noch Telefonzellen mit Münzen. In Jugoslawien reichten 100 Dinar für 5 Minuten Gespräch, aber im Ausland hätte nur für den Appell gereicht. Weil wir kein Geld mehr hatten kam irgendeiner auf eine geniale Idee.

In eine 100 Dinar Münze wurde ein kleines Loch gemacht und mit eine Schnur gebunden. Die Münze wurde in das

Gerät langsam nach unten gelassen bis es an die Stelle kam wo das Gerät sich einschaltete. Danach konnte man lange telefonieren, wenn man Glück hatte und die Schnur nicht riss. Später wurden die Rumäner noch schlauer. Sie wussten die Telefonnummer der Zentrale und riefen direkt an. Sie sprachen in Englisch und verlangten die Telefonnummern von der Verwandtschaft in Rumänien oder Deutschland. Also mit lächerlichen 100 Dinaren konnten wir Stundenlang ins Ausland sprechen. Die Serben die auch telefonieren wollten waren stock sauer. Sie hatten keine Chance mehr ein Gespräch zu führen, weil alle Kabinen von den Rumäner besetzt waren. Pech gehabt. Didi war schon längst in Deutschland. Das Leben im Hotel war gar nicht so schlecht. Es gab Freiheit und Essen in Überfluss. Aber es was nicht das Traumland die ich mir gewünscht habe.

Die Tage vergingen und von der Botschaft kam keine positive Nachricht. Die Lage war kritisch. Wenn 36 Tage nach der Flucht noch keine Einreisegenehmigung vorlag, musste ich zurück nach Rumänien. Keine schöne Perspektive!

Es erinnerte mich an das was vor ein Paar tage mit einen Flüchtling gerade passiert war. Der gute Mann hatte seine Eltern in Deutschland, aber seine Einreise kam nicht rechtzeitig. Die Zeit war schon abgelaufen und eines Tages kam die Polizei mit einer Liste und fragte nach ihm. Er war dabei und hatte verdammt viel Glück das der Hotelmanager ihm nicht verraten hatte. Nach dem die Polizisten gegangen sind, sammelte er seine Sachen und ging in den Wald. Dort, in zirka 200 Meter entfern, baute er sich eine Hütte aus Ästen und blieb 3 Tage aus Angst dass die wieder nach ihm suchen. Die, die auf der Liste standen waren alle in die Heimat zurück geschickt. Wirklich kein vergnügen. Essen und Wasser bekam er von uns. Danach konnte er fliehen und kam nach Deutschland illegal über Österreich. Er fand eine Schleußerbande die ihm für 4000 DM bis nach München brach. Sein Vater zahlte für ihn. Der Preis war hoch, aber er hätte viel höher sein können, wenn die Serben ihn zurück nach Rumänien geschickt hätten. Fritz und ich machten uns Gedanken ob uns nicht das gleiche Schicksal erwartet. Nach drei Wochen kamen die Papiere von Fritz und ich begleitete ihn zum Bahnhof. Der Abschied war verdammt schwer. Endlich, nach unzähligen Telefonaten mit meinen Onkel in Deutschland, bekam auch ich, am vierunddreißigsten Tag, die Einreise Erlaubnis! Das war einer der glücklichsten Tag in meinem Leben!

Am nächsten Tag machte ich Passfotos und ging zur Botschaft. Hier wurde mein Reisepass ausgestellt und ich bekam Geld für Essen und das Zugticket. Zum ersten Mal in meinem Leben war ich „Millionär", allerdings in Dinar. Die 300 DM, die ich bekommen habe, waren über ein Million Dinar wert. Das Geld reichte gerade für eine Fahrtkarte bis Nürnberg, etwas Essen und ein Getränk. Mir war das egal. Mein Traum nahm konkrete Umrisse an und wurde Realität.

„Endlich ist es so weit! Heute werde ich in Richtung meines Traumlands starten. Nur noch wenige Stunden und es geht los!" freute ich mich.

Zu Recht, nach so vielen Rückschlägen und negativen Erlebnissen. Am Abend startete der Zug in Richtung Wien. Alle, die an diesen Tag mitreisen durften, waren außer sich vor Freude. Es wurde gesungen, getrunken, gefeiert. Wir kamen der Freiheit immer näher. Alles anderes war unwichtig auch wenn die Zukunft noch im Dunkeln lag. Es wurde die Gegenwart gefeiert.

Am nächsten Tag um 8:30 Uhr kamen wir in München an. Dort stiegen wir in den Zug in Richtung Nürnberg um. In Nürnberg im Flüchtlingslager traf ich Fritz und wir feierten am Abend ausgiebig. Im Lager wurden alle Papiere ausgefüllt und das Leben nahm seinen lauf in einem freien demokratischen Land.

## Schlusswort

Die Geschichte endete glücklich für mich.
„Träume es, tue es und du schaffst es" war schon immer meine Devise. Auch wenn es lange dauerte, bis mein Traum in Erfüllung ging, ich hörte nie auf, an mich zu glauben und dass ist das wichtigste im Leben.
Henri Ford, der berühmte Autobauer aus Amerika, sagte einmal:
„Wer immer das tut, was er schon kann, bleibt immer das, was er schon ist."
In diesem Sinne, alles Gute Leute und bleibt gesund

Daniel O. Malarcsek